WILLIAM SHAKESPEARE

THEATRALISCHE WERKE

IN 21 EINZELBÄNDEN

ÜBERSETZT VON

CHRISTOPH MARTIN WIELAND

*

HERAUSGEGEBEN VON

HANS UND JOHANNA RADSPIELER

*

BAND 20

HAMLET, PRINZ VON DÄNNEMARK.

WILLIAM SHAKESPEARE

Hamlet, Prinz von Dännemark.

Ein

Trauerspiel.

ÜBERSETZT

VON

CHRISTOPH MARTIN WIELAND

HAFFMANS VERLAG ZÜRICH

Im Auftrag der
Hamburger Stiftung zur Förderung von
Wissenschaft und Kultur
nach der ersten Zürcher Ausgabe
von 1762 bis 1766
neu herausgegeben von
Hans und Johanna Radspieler

Konzeption und Gestaltung von
Urs Jakob, Haffmans Verlag AG, Zürich

Satz: LibroSatz, Kriftel
Herstellung: Offizin Andersen Nexö, Leipzig
ISBN 3 251 20157 3

Hamlet, Prinz von Dännemark.

Ein Trauerspiel.

PERSONEN.

Claudius, König in Dännemark.
Fortinbras, Prinz von Norwegen.
Hamlet, Sohn des vorigen, und Neffe des gegenwärtigen Königs.
Polonius, Ober-Kämmerer.
Horatio, Freund von Hamlet.
Laertes, Sohn des Polonius.
Voltimand, Cornelius, Rosenkranz, Güldenstern, } Hofleute.
Oßrich, ein Hofnarr.
Marcellus, ein Officier.
Bernardo, Francisco, } zween Soldaten.
Reinoldo, ein Bedienter des Polonius.
Der Geist von Hamlets Vater.
Gertrude, Königin von Dännemark, und Hamlets Mutter.
Ophelia, Tochter des Polonius, von Hamlet geliebt.
Verschiedene Damen, welche der Königin aufwarten.
Comödianten, Todtengräber, Schiffleute, Boten, und andre stumme Personen.

Der Schau-Plaz ist Elsinoor.
Die Geschichte ist aus der Dänischen Historie des *Saxo Grammaticus* genommen.

Erster Aufzug.

ERSTE SCENE.

Eine Terrasse vor dem Palast.

Bernardo und Francisco, zween Schildwachen, treten auf.

BERNARDO.

Wer da?

FRANCISCO.

Nein, gebt Antwort: Halt, und sagt wer ihr seyd.

BERNARDO.

Lang lebe der König!

FRANCISCO.

Seyd ihr Bernardo?

BERNARDO.

Er selbst.

FRANCISCO.

Ihr kommt recht pünktlich auf eure Stunde.

BERNARDO.

Es hat eben zwölfe geschlagen; geh du zu Bette, Francisco.

FRANCISCO.

Ich danke euch recht sehr, daß ihr mich so zeitig ablöset: Es ist bitterlich kalt, und mir ist gar nicht wohl.

BERNARDO.

Habt ihr eine ruhige Wache gehabt?

FRANCISCO.

Es hat sich keine Maus gerührt.

BERNARDO.

Wohl; gute Nacht. Wenn ihr den Horatio und Marcellus antreffet, welche die Wache mit mir bezogen haben, so saget ihnen, daß sie sich nicht säumen sollen.

Horatio und Marcellus treten auf.

FRANCISCO.

Mich däucht, ich höre sie. halt! he! Wer da?

HORATIO.

Freunde von diesem Lande.

MARCELLUS.

Und Vasallen des Königs der Dähnen.

FRANCISCO.

Ich wünsche euch eine gute Nacht.

MARCELLUS.

Ich euch deßgleichen, wakerer Kriegs-Mann; wer hat euch abgelößt?

FRANCISCO.

Bernardo hat meinen Plaz; gute Nacht.

(Er geht ab.)

MARCELLUS.

Holla, Bernardo! - -

BERNARDO.

He, wie, ist das Horatio?

HORATIO.

(Indem er ihm die Hand reicht) ein Stük von ihm.

BERNARDO.

Willkommen, Horatio; willkommen, wakrer Marcellus.

MARCELLUS.

Sagt, hat sich dieses Ding diese Nacht wieder sehen lassen?

BERNARDO.

Ich sah nichts.

MARCELLUS.

Horatio sagt, es sey nur eine Einbildung von uns, und will nicht glauben, daß etwas würkliches an diesem furchtbaren Gesichte sey, das wir zweymal gesehen haben; ich habe ihn deßwegen ersucht, diese Nacht mit uns zu wachen, damit er, wenn die Erscheinung wieder kömmt, unsern Augen ihr Recht wiederfahren lasse; und mit dem Gespenste rede, wenn er Lust dazu hat.

HORATIO.

Gut, gut; es wird nicht wiederkommen.

BERNARDO.

Sezt euch ein wenig, wir wollen noch einmal einen Angriff auf eure Ohren wagen, welche so stark gegen unsre Erzählung befestigt sind, deren Inhalt wir doch zwo Nächte nach einander mit unsern Augen gesehen haben.

HORATIO.

Gut, wir wollen uns sezen, und hören was uns Bernardo davon sagen wird.

BERNARDO.

In der leztverwichnen Nacht, da jener nemliche Stern, der westwärts dem Polar-Stern der nächste ist, den nemlichen Theil des Himmels wo er izt steht, erleuchtete, sahen Marcellus und ich -- die Gloke hatte eben eins geschlagen --

MARCELLUS.

Stille, brecht ab -- Seht, da kommt es wieder.

Der Geist tritt auf.

BERNARDO.

In der nemlichen Gestalt, dem verstorbnen König ähnlich.

MARCELLUS.

Du bist ein Gelehrter, Horatio, rede mit ihm.

BERNARDO.

Sieht es nicht dem Könige gleich? Betrachte es recht, Horatio.

HORATIO.

Vollkommen gleich; ich schauere vor Schreken und Erstaunung.

MARCELLUS.

Red' es an, Horatio.

HORATIO.

Wer bist du, der du dieser nächtlichen Stunde, zugleich mit dieser schönen Helden-Gestalt, worinn die Majestät des begrabnen Dähnen-Königs einst einhergieng, dich anmassest? Beym Himmel beschwör' ich dich, rede!

MARCELLUS.

Es ist unwillig.

BERNARDO.

Seht! es schreitet hinweg.

HORATIO.

Steh; rede; ich beschwöre dich, rede!

(Der Geist geht ab.)

MARCELLUS.

Es ist weg, und will nicht antworten.

BERNARDO.

Was sagt ihr nun, Horatio? Ihr zittert und seht bleich aus. Ist das nicht mehr als Einbildung? Was haltet ihr davon?

HORATIO.

So wahr Gott lebt, ich würde es nicht glauben, wenn ich dem fühlbaren Zeugniß meiner eignen Augen nicht glauben müßte.

MARCELLUS.

Gleicht es nicht dem Könige?

HORATIO.

Wie du dir selbst. So war die nemliche Rüstung die er anhatte, als er den ehrsüchtigen Norweger schlug; so faltete er die Augbraunen, als er in grimmigem Zweykampf den Prinzen von Pohlen aufs Eis hinschleuderte. Es ist seltsam --

MARCELLUS.

So ist es schon zweymal, und in dieser nemlichen Stunde, mit kriegerischem Schritt, bey unsrer Wache vorbey gegangen.

HORATIO.

Was ich mir für einen bestimmten Begriff davon machen soll, weiß ich nicht; aber so viel ich mir überhaupt einbilde, bedeutet es irgend eine ausserordentliche Veränderung in unserm Staat.

MARCELLUS.

Nun, Freunde, sezt euch nieder, und saget mir, wer von euch beyden es weißt, warum eine so scharfe nächtliche Wache den Unterthanen dieser ganzen Insel geboten ist? Wozu diese Menge von Geschüz und Kriegs-Bedürfnissen, welche täglich aus fremden Landen anlangen? Wozu diese Gedränge von Schiffs-Bauleuten, deren rastloser Fleiß den Sonntag nicht vom Werk-Tag unterscheidet? Was mag bevorstehen, daß die schwizende Eilfertigkeit die Nacht zum Tage nehmen muß, um bald genug fertig zu werden? Wer kan mir hierüber Auskunft geben?

HORATIO.

Das kan ich; wenigstens kan ich dir sagen, was man sich davon in die Ohren flüstert. Unser verstorbner König, dessen Gestalt uns nur eben erschienen ist, wurde, wie ihr wisset, von Fortinbras, dem König der Norwegen, seinem Nebenbuhler um Macht und Ruhm, zum Zweykampf herausgefodert: Unser tapfrer Hamlet (denn dafür hielt ihn dieser Theil der bekannten Welt) erschlug seinen Gegner in diesem Kampf, und dieser verlohr dadurch vermög eines vorher besiegelten und nach Kriegs-Recht förmlich bekräftigten Vertrages, alle seine Länder, als welche nun dem Sieger verfallen waren; eben so wie ein gleichmässiger Theil von den Landen unsers Königs dem Fortinbras und seinen Erben zugefallen seyn würde, wenn der Sieg sich für ihn erklärt hätte. Nunmehro vernimmt man, daß sein Sohn, der junge Fortinbras, in der gährenden Hize eines noch ungebändigten Muthes, hier und da, an den Küsten von Norwegen einen Hauffen heimathloser Wage-Hälse zusammengebracht, und um Speise und Sold, zur Ausführung irgend eines kühnen Werkes gedungen habe: Welches dann, wie unser Hof gar wol einsieht, nichts anders ist, als die besagten von seinem Vater verwürkten Länder uns durch Gewalt der Waffen wieder abzunehmen: Und dieses, denke ich, ist die Ursach unsrer Zurüstungen, dieser unsrer Wache, und dieses hastigen Gewühls im ganzen Lande.

BERNARDO.

Vermuthlich ist es keine andre; und es mag wol seyn, daß eben darum dieses schrekliche Gespenst, in Waffen, und in der Gestalt des Königs, der an diesen Kriegen Ursach war und ist, durch unsre Wache geht.

HORATIO.

Es ist ein Zufall, welchem es schwer ist auf den Grund zu sehen. In dem höchsten und siegreichesten Zeit-Punkt der Römischen Republik, kurz zuvor eh der grosse Julius fiel, thaten die Gräber sich auf; die eingeschleyerten Todten schrien in gräßlichen ungeheuren Tönen durch die Strassen von Rom; Sterne zogen Schweiffe von Feuer nach sich; es fiel blutiger Thau; der allgemeine Unstern hüllte die Sonne ein, und der feuchte Stern, unter dessen Einflüssen das Reich des Meer-Gottes steht, verfinsterte sich wie zum Tage des Welt-Gerichts. Aehnliche Vorboten schrekenvoller Ereignisse, Wunder-Zeichen, welche die gewöhnliche Vorredner bevorstehender trauriger Auftritte sind, haben an Himmel und Erde sich vereiniget, dieses Land in furchtsame Erwartung irgend eines allgemeinen Unglüks zu sezen.

Der Geist tritt wieder auf.

Aber stille, seht! Hier kommt es wieder zurük! Ich will ihm in den Weg stehen, wenn es mir gleich alle meine Haare kosten sollte. Steh, Blendwerk! *(Er breitet die Arme gegen den Geist aus.)* Wenn du fähig bist, einen vernehmlichen Ton von dir zu geben, so rede mit mir. Wenn irgend etwas gutes gethan werden kan, das dir Erleichterung und Ruhe, und mir das Verdienst eines guten Werkes geben mag, so rede! Wenn du Wissenschaft von dem Schiksal deines Landes hast, und es vielleicht, durch deine Vorhersagung noch abgewendet werden könnte, o so rede! -- Oder wenn du, in deinem Leben unrechtmässig erworbene Schäze in den Mutterleib der Erde aufgehäuft hast, um derentwillen, wie man glaubt, die Geister oft nach dem Tode umgehen müssen, so entdek es. *(Ein Hahn kräht.)* Steh, und rede -- Halt es auf, Marcellus --

MARCELLUS.

Soll ich mit meiner Partisane darnach schlagen?

HORATIO.

Thu es, wenn es nicht stehen will.

BERNARDO.

Hier ist es --

HORATIO.

Izt ists hier --

MARCELLUS.

Weg ist's. *(Der Geist geht ab.)* Wir beleidigen die Majestätische Gestalt, die es trägt, wenn wir Mine machen, als ob wir Gewalt dagegen brauchen wollen; und da es nichts als Luft ist, so ist es ja ohnehin unverwundbar, und unsre eiteln Streiche beweisen ihm nur unsern bösen Willen, ohne ihm würklich etwas anzuhaben.

BERNARDO.

Es war im Begriff zu reden, als der Hahn krähete.

HORATIO.

Und da zitterte es hinweg, wie einer der sich eines Verbrechens bewußt ist, bey einer fürchterlichen Aufforderung. Ich habe sagen gehört, der Hahn, der die Trompete des Morgens ist, weke mit seiner schmetternden, scharftönenden Gurgel den Gott des Tages auf, und, auf sein Warnen, entfliehe in Wasser oder Feuer, Luft oder Erde, jeder herumwandernde Geist in sein Bezirk zurük: Und daß dieses wahr sey, beweiset was wir eben erfahren haben.

MARCELLUS.

Er verschwand sobald der Hahn krähete. Einige sagen, allemal um die Zeit, wenn die Geburt unsers Erlösers gefeyert wird, krähe der Vogel des Morgens die ganze Nacht durch: Und dann, sagen sie, gehe kein Geist um; die Nächte seyen gesund, und die Planeten ohne schädliche Influenzen; keine Fee könne einem beykommen, keine Hexe habe Gewalt zu Zauber-Wirkungen; so heilig und segensvoll sey diese Zeit.

HORATIO.

Das hab ich auch gehört, und glaub es auch zum Theil. Aber seht, der Morgen, in einen rothen Mantel eingehüllt, wandelt über jenen emporragenden östlichen Hügel durch den Thau; wir wollen von unsrer Wache abziehen; und wenn ihr meiner Meynung seyd, so laßt uns dem jungen Hamlet entdeken, was wir diese Nacht gesehen haben. Ich wollte mein Leben dran sezen, dieser Geist, so stumm er für uns ist, wird für ihn eine Sprache bekommen. Seyd ihrs zufrieden, daß wir ihm, aus Antrieb unsrer Liebe und Pflicht gegen ihn, Nachricht davon geben?

MARCELLUS.

Thut es, ich bitte euch: Wir werden diesen Morgen schon erfahren, wo wir ihn zur gelegensten Zeit sprechen können.

(Sie gehen ab.)

*

ZWEYTE SCENE.

Verwandelt sich in den Palast.

Claudius, König von Dännemark, Gertrude die Königin, Hamlet, Polonius, Laertes, Voltimand, Cornelius, und andre Herren vom Hofe, nebst Trabanten und Gefolge treten auf.

KÖNIG.

Ungeachtet, bey dem noch frischen Andenken von Hamlets, unsers theuren Bruders, Tode, sichs geziemen will, daß wir unsre Herzen in Trauer hüllen, und das Antliz unsers ganzen Königreichs in allgemeinen Schmerz zusammengezogen sey: So haben wir doch der Klugheit so viel über die Natur verstattet, daß wir, unter dem gerechten Schmerz über seinen Verlust, nicht gänzlich unsrer selbst vergessen. Wir haben also unsre vormalige Schwester, nunmehr unsre Königin, als die gebietende Mitregentin dieses kriegerischen Reiches, wiewol mit niedergeschlagner Freude, das eine Auge von hochzeitlicher Freude glänzend, das andere von Thränen überfliessend, und mit einer in gleichen Waag-Schalen gegen unsern Schmerz abgewognen Lust, zur Gemahlin erkießt. Auch haben wir nicht unterlassen, uns hierinn euers guten Raths zu bedienen, und erkennen mit gebührendem Danke, daß ihr uns in diesem ganzen Geschäfte durch eure einsichtsvollen Rathschläge so frey und gutwillig unterstüzt habt. Nun ist noch übrig euch zu eröffnen, daß der junge Fortinbras, aus einer allzuleichtsinnigen Berechnung unsrer Kräfte, oder weil er sich vielleicht einbildet, daß der Tod unsers abgelebten Bruders unsern Staat verrenkt und aus seiner Fassung gesezt habe, ohne einen andern Beystand als diesen Traum eines eingebildeten Vortheils über uns, sich hat zu Sinne kommen lassen, uns durch eine Abschikung zu behelligen, welche nichts geringers als die Zurükgabe aller der Länder fordert, die sein Vater, nach allen Gesezen des Kriegs-Rechts, an unsern heldenmüthigen Bruder verlohren hatte. So viel von ihm -- Nunmehr zu uns selbst, und dem besondern Zwek der gegenwärtigen Versammlung! -- Wir haben hier an den alten Prinzen von Norwegen, den Oheim des jungen Fortinbras (welcher, unvermögend und bettlägerig wie er ist, nichts von diesem Vorhaben seines Neffen weiß) zu dem Ende geschrieben, damit er dessen weitern Fortgang hintertreiben möge: Es sind alle Umstände, die Anzahl seiner angeworbnen Truppen, die Namen der angesehensten Theilnehmer seines Vorhabens, und seine ganze Stärke hierinn enthalten: Und nunmehr ernennen wir euch, Voltimand, und euch, wakrer Cornelius, dem alten Norwegen diesen unsern Gruß zu überbringen. Die persönliche Vollmacht die wir euch ertheilen, mit diesem Prinzen zu handeln, erstrekt sich nicht weiter, als die besondern Artikel dieser schriftlichen Instruction euch anweisen werden. Gehabt euch also wol, und beweiset uns eure Treue durch eine schleunige Ausrichtung.

VOLTIMAND.

Hierinn, so wie bey allen andern Gelegenheiten, werden wir unsre Schuldigkeit thun.

KÖNIG.

Wir zweifeln nicht daran; gehabt euch wol. *(Voltimand und Cornelius gehen ab.)* Und nun, Laertes, was bringt ihr uns neues? Ihr sagtet uns was von einer Bitte. Was ist es, Laertes? Ihr könnet nichts billiges von euerm Könige begehren, das euch versagt werden sollte. Was kanst du verlangen, Laertes, das ich dir nicht schon bewilligen sollte, eh du es begehrt hast? Das Haupt ist dem Herzen nicht unentbehrlicher, noch dem Mund der Dienst der Hand, als es dein Vater dem Throne von Dännemark ist. Was willst du haben, Laertes?

LAERTES.

Mein gebietender Herr, eure gnädige Bewilligung nach Frankreich zurükkehren zu dürfen, von wannen ich zwar aus eigner Bewegung nach Dännemark gekommen bin, um bey Eurer Krönung meine Schuldigkeit zu beweisen; nun aber, ich gesteh es, da diese Pflicht erstattet ist, drehen sich alle meine Gedanken und Wünsche wieder nach Frankreich um, und beugen sich, um Eurer Majestät Gnädigste Erlaubniß und Vergebung zu erhalten.

KÖNIG.

Habt ihr euers Vaters Einwilligung? Was sagt Polonius dazu?

Polonius.

Gnädigster Herr, er hat mir durch unablässiges Bitten meine Erlaubniß abgedrungen; und, weil ich nicht anders konnte, so drükte ich seinem Willen endlich das Siegel meiner Einwilligung auf. Ich bitte euch, ihm auch die eurige zu ertheilen.

König.

Reise in einer glüklichen Stunde ab, Laertes, und bestimme die Zeit deiner Abwesenheit nach deinem Willen, und der Erforderniß deiner lobenswürdigen Absichten -- Und nun ein Wort mit euch, Vetter Hamlet -- Mein geliebter Sohn --

Hamlet *(vor sich.)*

Lieber nicht so nah befreundt, und weniger geliebt.

König.

Woher kommt es, daß immer solche Wolken über euch hangen?

Hamlet.

Es ist nicht das, Gnädigster Herr; ich bin zuviel in der Sonne.

Königin.

Lieber Hamlet, leg einmal diese nächtliche Farbe ab, und sieh aus, wie ein Freund von Dännemark. Geh nicht immer so mit gesenkten halbgeschlossnen Augen, als ob du deinen edeln Vater im Staube suchest. Du weissest ja, es ist das allgemeine Schiksal; alle, welche leben, müssen sterben --

Hamlet.

Ja, Madame, es ist das allgemeine Schiksal.

Königin.

Wenn es denn so ist, warum scheint es dir denn so ausserordentlich?

Hamlet.

Scheint, Madame? Nein, es ist; bey mir scheint nichts. Es ist nicht bloß dieser schwarze Rok, meine liebe Mutter, nicht das Gepränge einer Gewohnheits-mässigen Trauer, noch das windichte Zischen erkünstelter Seufzer, nicht das immer-thränende Auge, noch das niedergeschlagene Gesicht, noch irgend ein anders äusserliches Zeichen der Traurigkeit, was den wahren Zustand meines Herzens sichtbar macht. Diese Dinge scheinen, in der That; denn es sind Handlungen, die man durch Kunst nachmachen kan; aber was ich innerlich fühle, ist über allen Ausdruk; jenes sind nur die Kleider und Verzierungen des Schmerzens.

König.

Es ist ein rühmlicher Beweis eurer guten Gemüths-Art, Hamlet, daß ihr euern abgelebten Vater so beweinet: Aber ihr müsset nicht vergessen, daß euer Vater auch einen Vater verlohr, und dieser Vater den seinigen; den überlebenden verband die kindliche Pflicht, mit Ziel und Maaß um seinen verstorbnen zu trauern: Aber in hartnäkiger Betrübniß immerfort zu beharren, ist unmännliche Schwachheit oder gottlose Unzufriedenheit mit den Fügungen des Himmels; ein Zeichen eines ungeduldigen, feigen Gemüths, oder eines schwachen und ungebildeten Verstandes. Denn warum sollen wir etwas, wovon wir wissen daß es seyn muß, und daß es so gemein ist als irgend eine von den alltäglichen Sachen die immer vor unsern Sinnen schweben, aus verkehrtem kindischem Eigensinn, zu Herzen nehmen? Fy! Es ist ein Vergehen gegen den

Himmel, ein Vergehen gegen den Gestorbnen, ein Vergehen gegen die Natur; höchst ungereimt in den Augen der Vernunft, welche kein gemeineres Thema kennt, als den Tod von Vätern, und von der ersten Leiche bis zu dem der eben izt gestorben ist, uns immer zugeruffen hat, es müsse so seyn. Wir bitten euch also, werfet diese zu nichts dienende Traurigkeit in sein Grab, und sehet künftig uns als euern Vater an; denn die Welt soll es wissen, daß ihr unserm Thron der nächste seyd, und daß die Liebe, die der zärtlichste Vater zu seinem Sohne tragen kan, nicht grösser ist als diejenige, welche wir euch gewiedmet haben. Was euer Vorhaben, nach der Schule zu Wittenberg zurük zu gehen betrift, so stimmt es gar nicht mit unsern Wünschen ein, und wir bitten euch davon abzustehen, und unter unsern liebesvollen Augen hier zu bleiben, unser erster Höfling, unser Neffe, und unser Sohn.

KÖNIGIN.

Laß deine Mutter keine Fehlbitte thun, Hamlet; ich bitte dich, bleibe bey uns, geh nicht nach Wittenberg.

HAMLET.

Ich gehorche euch mit dem besten Willen, Madame.

KÖNIG.

Nun, das ist eine schöne liebreiche Antwort; seyd wie wir selbst in Dännemark! Kommet, Madame; diese gefällige und ungezwungne Einstimmung Hamlets ist mir so angenehm, daß dieser Tag ein festlicher Tag der Freude seyn soll -- Kommt, folget mir --

(Sie gehen ab.)

*

DRITTE SCENE.

HAMLET *(bleibt allein.)*

O daß dieses allzu -- allzu -- feste Fleisch schmelzen und in Thränen aufgelößt zerrinnen möchte! Oder daß Er, der Immerdaurende, seinen Donner nicht gegen den Selbst-Mord gerichtet hätte! O Gott! o Gott! Wie ekelhaft, schaal, abgestanden und ungeschmakt kommen mir alle Freuden dieser Welt vor! Fy, fy, mir graut davor! Es ist ein ungesäuberter Garten, wo alles in Saamen schießt, und mit Unkraut und Disteln überwachsen ist. Daß es dahin gekommen seyn soll! Nur zween Monate todt! Nein, nicht einmal so viel; nicht so viel -- Ein so vortrefflicher König -- gegen diesen, wie Apollo gegen einen Satyr: Der meine Mutter so zärtlich liebte, daß kein rauhes Lüftchen sie anwehen durfte -- Himmel und Erde! Warum muß mir mein Gedächtniß so getreu seyn? Wie, hieng sie nicht an ihm, als ob selbst die Nahrung ihrer Zärtlichkeit ihren Hunger vermehre? -- und doch, binnen einem Monat -- Ich will, ich darf nicht dran denken -- Gebrechlichkeit, dein Nam' ist Weib! Ein kleiner Monat! Eh noch die Schuhe abgetragen waren, in denen sie meines armen Vaters Leiche folgte, gleich der Niobe lauter Thränen -- Wie? Sie -- eben sie -- (o Himmel! ein vernunftloses Thier würde länger getraurt haben) mit meinem Oheim verheyrathet -- Meines Vaters Bruder; aber meinem Vater gerade so gleich als ich dem Hercules. Binnen einem Monat! -- Eh noch das Salz ihrer heuchelnden Thränen ihre rothen Augen zu jüken aufgehört, verheyrathet! -- So eilfertig, und in ein blutschänderisches Bette! -- Nein, es ist nichts Gutes, und kan zu nichts Gutem ausschlagen. Aber - - o brich du, mein Herz, denn meine Zunge muß ich schweigen heissen.

*

VIERTE SCENE.

Horatio, Bernardo und Marcellus treten auf.

HORATIO.

Heil, Gnädigster Prinz!

HAMLET.

Ich erfreue mich, euch wohl zu sehen - - Ihr seyd Horatio, oder ich vergesse mich selbst.

HORATIO.

Ich bin Horatio, Gnädiger Herr, und euer demüthiger Diener auf ewig.

HAMLET.

Sir, mein guter Freund; das soll künftig das Verhältniß unter uns seyn. Und was führt euch von Wittenberg hieher, Horatio? - - Ist das nicht Marcellus? - -

MARCELLUS.

Ja, Gnädigster Herr.

HAMLET.

Ich bin erfreut euch zu sehen; guten Morgen, Sir *(zu Bernardo)* - - Aber, im Ernste, Horatio, was bringt euch von Wittenberg hieher?

HORATIO.

Ein Anstoß von Landstreicherey, mein Gnädigster Herr.

HAMLET.

Das möchte ich euern Feind nicht sagen hören, auch sollt ihr meinen Ohren die Gewalt nicht anthun, sie zu Zeugen einer solchen Aussage gegen euch selbst zu machen. Ich weiß, ihr seyd kein Müssiggänger. Was ist euer Geschäfte in Elsinoor? Wir müssen euch trinken lehren, eh ihr wieder abreiset.

HORATIO.

Gnädigster Herr, ich kam, euers Vaters Leichenbegängniß zu sehen.

HAMLET.

Ich bitte dich, spotte meiner nicht, Schul-Camerade: ich denke, du kamst vielmehr auf meiner Mutter Hochzeit.

HORATIO.

Die Wahrheit zu sagen, Gnädigster Herr, sie folgte schnell hinter drein.

HAMLET.

Das war aus lauter Häuslichkeit, mein guter Horatio -- Um die Braten, die von dem Leichenmahl übrig geblieben, bey der Hochzeit kalt auftragen zu können -- O Horatio, lieber wollt' ich meinen ärgsten Feind im Himmel gesehen, als diesen Tag erlebt haben -- Mein Vater -- mich däucht, ich sehe meinen Vater --

HORATIO *(lebhaft.)*

Wo, Gnädiger Herr?

HAMLET.

In den Augen meines Gemüths, Horatio.

HORATIO.

Ich sah ihn einmal; er war ein stattlicher Fürst.

HAMLET.

Sag', er war ein Mann, in allen Betrachtungen ein Mann, so hast du alles gesagt; seines gleichen werd' ich niemal sehen.

HORATIO.

Gnädigster Herr, ich denke ich sah ihn verwichne Nacht.

HAMLET.

Du sahest ihn? Wen?

HORATIO.

Den König, euern Vater.

HAMLET.

Den König, meinen Vater?

HORATIO.

Mässiget eure Verwunderung nur so lange, und leihet mir ein aufmerksames Ohr, bis ich, auf das Zeugniß dieser wakern Männer hier, euch das Wunder erzählt haben werde.

HAMLET.

Um des Himmels willen, laß mich's hören.

HORATIO.

Zwo Nächte auf einander haben diese beyden Officiers, Marcellus und Bernardo, auf der Wache, in der todten Stille der Mitternacht, diesen Zufall gehabt: Eine Gestalt, die euerm Vater glich, vom Kopf zu Fuß, Stük vor Stük bewaffnet, erscheint vor ihnen, und geht mit feyerlichem Gang, langsam und majestätisch bey ihnen vorbey; dreymal gieng er vor ihren von Furcht starrenden Augen, mit seinem langen Stok in der Hand, hin und her; indeß daß sie, von Schreken beynahe in Gallerte aufgelößt, ganz unbeweglich stuhnden, und den Muth nicht hatten ihn anzureden. Sie entdekten mir diesen Zufall in Geheim, und bewogen mich dadurch in vergangner Nacht mit ihnen auf die Wache zu ziehen; und hier sah ich um die nemliche Zeit, diese nemliche Erscheinung, von Wort zu Wort, wie sie mir selbige beschrieben hatten. Ich erkannte euern Vater: Diese Hände sind einander nicht ähnlicher.

HAMLET.

Und wo geschahe das?

HORATIO.

Gnädiger Herr, auf der Terrasse, wo wir die Wache hatten.

HAMLET.

Habt ihr es nicht angeredet?

HORATIO.

Ich that es, Gnädiger Herr, aber es gab mir keine Antwort; nur ein einziges mal kam mir's vor, es hebe den Kopf auf, und mache eine Bewegung als ob es reden wolle: Aber in dem nemlichen Augenblik krähte der Hahn, und da zittert' es plözlich weg, und verschwand aus unserm Gesicht.

HAMLET.

Das ist was sehr Wunderbares!

HORATIO.

So wahr ich lebe, Gnädiger Herr, so ist es; und wir hielten es für unsre Schuldigkeit, euch Nachricht davon zu geben.

HAMLET.

In der That, ihr Herren, ich muß es bekennen, ich bin unruhig hierüber. *(Zu Marcellus und Bernardo.)* Habt ihr die Wache diese Nacht?

BEYDE.

Ja, Gnädiger Herr.

HAMLET.

Es war bewaffnet, sagt ihr?

BEYDE.

Bewaffnet, Gnädiger Herr.

HAMLET.

Von Fuß zu Kopf?

BEYDE.

Ja, Gnädiger Herr.

HAMLET.

So konntet ihr ja sein Gesicht nicht sehen?

HORATIO.

O ja, Gnädiger Herr; er trug sein Visier aufgezogen.

HAMLET.

Sagt mir, sah er ungehalten aus?

HORATIO.

Seine Gebehrdung schien mehr Traurigkeit als Zorn auszudrüken.

HAMLET.

Bleich oder roth?

HORATIO.

Sehr bleich.

HAMLET.

Und sah er euch ins Gesicht?

HORATIO.

Sehr starr.

HAMLET.

Ich wollte, daß ich dabey gewesen wäre.

HORATIO.

Es würde euch in kein geringes Schreken gesezt haben.

HAMLET.

Sehr vermuthlich; blieb es lange?

HORATIO.

So lange man brauchte, um mit mässiger Geschwindigkeit Hundert zu zählen.

BEYDE.

Länger, Länger.

HORATIO.

Als ich es sah, nicht.

HAMLET.

War sein Bart grau? Nein --

HORATIO.

Das war er, so wie ich ihn in seinem Leben gesehen habe, silbergrau.

HAMLET.

Ich will mit euch auf die Wache, diese Nacht; vielleicht geht es wieder.

HORATIO.

Ich bin euch gut dafür, das wird es.

HAMLET.

Wenn es meines ehrwürdigen Vaters Gestalt annimmt, so will ich mit ihm reden, wenn gleich die Hölle selbst ihren Schlund aufreissen und mich schweigen heissen würde. Ich bitte euch, wofern ihr diese Erscheinung bisher geheim gehalten habet, so laßt es immer ein Geheimniß unter uns bleiben; es mag heute Nacht begegnen was da will, beobachtet es, aber schweigt. Ich will erkenntlich für eure Freundschaft seyn: Nun, gehabt euch wol. Zwischen eilf und zwölf Uhr, auf der Terrasse, will ich euch besuchen.

ALLE.

Eure demüthige Knechte, Gnädiger Herr --

(Sie gehen ab.)

HAMLET.

Meine Freunde, wie ich der eurige: Lebet wohl.

(Allein.)

Meines Vaters Geist in Waffen! Es ist nicht alles wie es seyn soll! Ich besorge irgend eine verdekte Uebelthat: Wenn nur die Nacht schon da wäre! Bis dahin, size still, meine Seele: Schändliche Thaten müssen ans Licht kommen, und wenn der ganze Erdboden über sie hergewälzt wäre.

*

FÜNFTE SCENE.

Verwandelt sich in ein Zimmer in Polonius Hause.

Laertes und Ophelia treten auf.

LAERTES.

Mein Geräthe ist eingepakt, lebet wohl Schwester, und wenn die Winde meiner Reise günstig sind, so verschlaft mein Andenken nicht, sondern laßt mich Nachrichten von euch haben.

OPHELIA.

Wie könnt ihr daran zweifeln?

LAERTES.

Was den Hamlet und die Tändeley seiner Liebe betrift, haltet sie für einen flüchtigen Geschmak, und ein Spiel des jugendlichen Blutes; ein Veilchen in den ersten Frühlings-Tagen der Natur, frühzeitig aber nicht dauerhaft; angenehm, aber hinfällig; ein lieblicher Geruch für eine Minute; nicht mehr --

OPHELIA.

Nicht mehr als das?

LAERTES.

Glaubt mir, nicht mehr, liebe Schwester. Wir nehmen in unsrer Jugend nicht nur an Grösse und Stärke zu; die Seele wächßt mit, und ihre innerliche Verrichtungen und Pflichten dehnen sich mit ihrem Tempel aus. Vielleicht liebt er euch izt aufrichtig, mit der reinen Zuneigung eines noch unverdorbnen Herzens: Aber ihr müßt bedenken, daß, sobald er seine Grösse in Erwägung ziehen wird, seine Neigung nicht mehr in seiner Gewalt ist: Denn er selbst hangt von seiner Geburt ab; er darf nicht für sich selbst wählen, wie gemeine Leute: Die Sicherheit und das Wohl des Staats hängt an seiner Wahl, und daher muß sich seine Wahl nach der Stimme und den Wünschen des Körpers, wovon er das Haupt ist, bestimmen. Wenn er also sagt, er liebe euch, so kömmt es eurer Klugheit zu, ihm in so weit zu glauben, als er nach seiner Geburt und künftigen Würde, seinen Worten Kraft geben kan; und das ist nicht mehr, als wozu er die Einwilligung des Königs erhalten kan. Ueberleget also wol, was für einen grossen Verlust eure Ehre leiden kan, wenn ihr seinem lokenden Gesang ein zu leichtgläubiges Ohr verleihet; entweder ihr verliehrt euer Herz, oder sein Ungestüm, den zulezt nichts mehr zurükhalten wird, sieget gar über eure Keuschheit. Fürchtet es, Ophelia, fürchtet es, meine theure Schwester; steuret einer noch unschuldigen Neigung, die so gefährlich ist, und überlaßt euch nicht dem Strom schmeichelnder Wünsche. Das gefälligste Mädchen ist verschwenderisch genug, wenn sie ihre keusche Schönheit dem Mond entschleyert: Die Tugend selbst ist vor den Bissen der Verläumdung nicht sicher; nur allzu oft frißt ein verborgner Wurm die Kinder des Frühlings, bevor ihre Knospen sich entwikelt haben; und sengender Meel-Thau ist nie mehr zu besorgen als im Thauvollen Morgen der Jugend. Seyd also vorsichtig; hier giebt Furcht die beste Sicherheit; die Jugend hat einen Feind in sich selbst, wenn sie auch keinen von aussen hat.

Ophelia.

Ich werde diese guten Erinnerungen zu immer wachsamen Hütern meines Herzens machen. Aber, mein lieber Bruder, macht es ja nicht, wie manche ungeheiligte Seelen-Hirten, die euch den engen und dornichten Pfad zum Himmel weisen, indessen daß sie selbst, ihrer eignen Lehren uneingedenk, in ruchloser Freyheit auf dem breiten Frühlings-Wege der Ueppigkeit dahertraben.

LAERTES.

O, davor seyd unbekümmert.

*

SECHSTE SCENE.

Polonius zu den Vorigen.

LAERTES.

Ich halte mich zulang auf -- Aber hier kommt mein Vater: Desto besser; ich werde seinen Abschieds-Segen gedoppelt erhalten.

POLONIUS.

Du bist noch hier, Laertes! Zu Schiffe, zu Schiffe, mein Sohn; der Wind schwellt eure Segel schon, und man wartet auf euch. Hier, empfange meinen Segen, *(Er legt seine Hand auf Laertes Haupt)* und diese wenigen Lebens-Regeln, womit ich ihn begleite, schreib in dein Gedächtniß ein. Gieb deinen Gedanken keine Zunge, und wenn du je von unregelmässigen überrascht wirst, so hüte dich wenigstens, sie zu Handlungen zu machen: Sey gegen jedermann leutselig, ohne dich mit jemand gemein zu machen: Hast du bewährte Freunde gefunden, so hefte sie unzertrennlich an deine Seele; aber gieb deine Freundschaft nicht jeder neuausgebruteten, unbefiederten Bekanntschaft preiß.

Hüte dich vor den Gelegenheiten zu Händeln; bist du aber einmal darinn, so führe dich so auf, daß dein Gegner nicht hoffen könne, dich ungestraft zu beleidigen. Leih' dein Ohr einem jeden, aber wenigen deinen Mund; nimm jedermanns Tadel an, aber dein Urtheil halte zurük. Kleide dich so kostbar als es dein Beutel bezahlen kan, aber nicht phantastisch; reich, nicht comödiantisch: Denn der Anzug verräth oft den Mann, und in Frankreich pflegen Leute von Stand und Ansehen sich gleich dadurch anzukündigen, daß sie sich mit Geschmak und Anstand kleiden. Sey weder ein Leiher noch ein Borger; denn durch Leihen richtet man oft sich selbst und seinen Freund zu Grunde; und borgen untergräbt das Fundament einer guten Haushaltung. Vor allem, sey redlich gegen dich selbst, denn daraus folget so nothwendig als das Licht dem Tage, daß du es auch gegen jedermann seyn wirst. Lebe wohl, mein Sohn; mein Segen befruchte diese Erinnerungen in deinem Gemüthe!

LAERTES.

Ich beurlaube mich demüthigst von euch, Gnädiger Herr Vater.

POLONIUS.

Du hast hohe Zeit; geh, deine Bediente warten --

LAERTES.

Lebet wohl, Ophelia, und erinnert euch dessen was ich gesagt habe.

OPHELIA.

Es ist in mein Gedächtniß verschlossen, und ihr sollt den Schlüssel dazu mit euch nehmen.

LAERTES.

Lebet wohl.

(Er geht ab.)

POLONIUS.

Was sagte er denn zu euch, Ophelia?

OPHELIA.

Mit Eu. Gnaden Erlaubniß, etwas, das den Prinzen Hamlet angieng.

POLONIUS.

Wahrhaftig, ein guter Gedanke! Ich habe mir sagen lassen, daß er euch seit einiger Zeit ziemlich oft allein gesprochen habe, und daß ihr ihm einen sehr freyen Zutritt verstattet, und geneigtes Gehör gegeben habt. Wenn es so ist, (wie es mir dann von sichrer Hand zukömmt) so muß ich euch sagen, daß ihr euch selbst nicht so gut versteht, als es meiner Tochter und eurer Ehre geziemt. Was ist denn zwischen euch? Sagt mir die reine Wahrheit.

OPHELIA.

Gnädiger Herr Vater, er hat mir zeither verschiedene Erklärungen von seiner Zuneigung gemacht.

POLONIUS.

Von seiner Zuneigung? He! Ihr sprecht wie ein junges Ding, das noch keine Erfahrung von dergleichen gefährlichen Dingen hat. Glaubt ihr denn seine Erklärungen, wie ihr es nennt?

OPHELIA.

Ich weiß nicht was ich denken soll, Herr Vater.

POLONIUS.

Potz hundert! Das will ich dich lehren; denk du seyst

ein Kindskopf, daß du seine Erklärungen für baar Geld genommen hast, da sie doch falsche Münze sind. Du must bessere Sorge zu dir selbst haben, oder ich werde wenig Freude an dir erleben --

OPHELIA.

Gnädiger Herr Vater, er bezeugt zwar eine heftige Liebe zu mir, aber in Ehren --

POLONIUS.

Ja, in Thorheit solltest du sagen; geh, geh --

OPHELIA.

Und hat seine Worte durch die feyrlichsten und heiligsten Schwüre bekräftiget.

POLONIUS.

Ja, Schlingen, um Schnepfen zu fangen. Ich weiß wie verschwendrisch das Herz in Schwüre aussprudelt, wenn das Blut in Flammen ist. Mein gutes Kind, du must diese Aufwallungen nicht für wahres Feuer halten; sie sind wie das Wetterleuchten an einem kühlen Sommer-Abend, sie leuchten ohne Hize, und verlöschen so schnell als sie auffahren. Von dieser Stunde an seyd etwas sparsamer mit dem Zutritt zu eurer Person; sezt eure Conversationen auf einen höhern Preiß als einen Befehl, daß man euch sprechen wolle. Was den Prinzen Hamlet betrift, so glaubt so viel von ihm, daß er jung ist; und daß er sich mehr Freyheit herausnehmen darf, als der Wolstand euch zuläßt. Mit einem Wort, Ophelia, trauet seinen Schwüren nicht; desto weniger, je feyrlicher sie sind; sie hüllen sich, gleich den Gelübden, die oft dem Himmel dargebracht werden, in Religion ein, um desto sichrer zu betrügen. Einmal für allemal: Ich möchte nicht gern, deutlich zu reden, daß du nur einen einzigen deiner Augenblike in den Verdacht seztest, als wißtest du ihn nicht besser anzuwenden, als mit dem Prinzen Hamlet Worte zu wechseln. Merk dir das, ich sag dir's; und geh in dein Zimmer.

OPHELIA.

Ich will gehorsam seyn, Gnädiger Herr Vater.

(Sie gehen ab.)

*

SIEBENDE SCENE.

Verwandelt sich in die Terrasse vor dem Palast.

Hamlet, Horatio und Marcellus treten auf.

HAMLET.

Die Luft schneidt entsezlich; es ist grimmig kalt.

HORATIO.

Es ist eine beissende, scharfe Luft.

HAMLET.

Wie viel ist die Gloke?

HORATIO.

Ich denke, es ist bald zwölfe.

MARCELLUS.

Nein, es hat schon geschlagen.

HORATIO.

Ich hörte es nicht: Es ist also nah um die Zeit, da der Geist zu gehen pflegt. *(Man hört eine kriegrische Musik hinter der Scene.)* Was hat das zu bedeuten, Gnädiger Herr?

HAMLET.

Der König hält Tafel, und verlängert den Schmaus, wie es scheint, in die tiefe Nacht, und so oft er den vollen Becher mit Rhein-Wein auf einen Zug ausleert, verkündigen Trompeten und Kessel-Pauken den Sieg, den Seine Majestät davon getragen hat.

HORATIO.

Ist das so der Gebrauch?

HAMLET.

Ja, zum Henker, das ist es; aber nach meiner Meynung, ob ich gleich ein Dähne und zu diesem Gebrauch gebohren bin, ein Gebrauch der mit größrer Ehre gebrochen als gehalten wird. Diese taumelnden Trink-Gelage machen uns in Osten und Westen verächtlich, und werden uns von den übrigen Völkern als ein National-Laster vorgeworffen: Sie nennen uns Säuffer, und sezen schweinische Beywörter dazu, die uns wenig Ehre machen; und in der That, der Ruf worinn wir deßwegen stehen, nimmt unsern Thaten, so groß und rühmlich sie sonst sind, ihren schönsten Glanz. In diesem Stüke geht es oft ganzen Völkern wie einzelnen Leuten, welche um irgend eines Natur-Fehlers willen, als etwann wegen der angebohrnen Obermacht eines gewissen Temperaments (woran sie doch keine Schuld haben, da sich niemand seine ursprüngliche Anlage selber auswählen kan,) welches sie manchmal durch den Zaun der Vernunft durchbrechen macht; oder wegen irgend einer angewöhnten Manier, einer Grimasse oder so etwas, welches mit dem eingeführten Wohlstand einen allzugrossen Absaz macht -- ich sage, daß solche Leute um eines einzigen solchen Fehlers willen, es mag nun seyn, daß die Natur oder ein Zufall Schuld daran habe, sich's gefallen lassen müssen, ihre guten Eigenschaften, so groß und zahlreich sie immer seyn mögen, in dem Urtheil der Welt abgewürdiget zu sehen.

Der Geist tritt auf.

HORATIO.
Hier, Gnädiger Herr; seht, es kommt.

HAMLET.
Ihr Engel und himmlischen Mächte alle, schüzet uns! Du magst nun ein guter Geist oder ein verdammter Kobolt seyn, du magst himmlische Lüfte oder höllische Dämpfe mit dir bringen, und in wohlthätiger oder schädlicher Absicht gekommen seyn; die Gestalt die du angenommen hast, ist so ehrwürdig, daß ich mit dir reden will. Ich will dich Hamlet, ich will dich meinen König, meinen Vater nennen: O, antworte mir; laß mich nicht in einer Unwissenheit, die mir das Leben kosten würde: Sage, warum haben deine geheiligten Gebeine ihr Behältniß durchbrochen? Warum hat das Grab, worein wir dich zu deiner Ruhe bringen sahen, seinen schweren marmornen Rachen aufgethan, um dich wieder auszuwerfen? Was mag das bedeuten, daß du, ein todter Leichnam, in vollständiger Rüstung den Mondschein wieder besuchst, um die Nacht mit Schreknissen zu erfüllen, und unser Wesen auf eine so entsezliche Art mit Gedanken zu erschüttern, die über die Schranken unsrer Natur gehen.

(Der Geist winkt dem Hamlet.)

HORATIO.
Es winkt euch, mit ihm zu gehen, als ob es euch etwas allein zu sagen habe.

MARCELLUS.

Seht, wie freundlich es euch an einen entferntern Ort winkt: Aber geht ja nicht mit ihm.

HORATIO. *(Den Hamlet zurükhaltend.)*

Nein, um alles in der Welt nicht.

HAMLET.

Weil es nicht reden will, so will ich ihm folgen.

HORATIO.

Das thut nicht, Gnädiger Herr.

HAMLET.

Und warum nicht? Wofür sollt' ich mir fürchten? Mein Leben ist mir um eine Stek-Nadel feil, und was kan es meiner Seele thun, die ein unsterbliches Wesen ist wie es selbst? -- Es winkt mir wieder weg -- ich will ihm folgen --

HORATIO.

Und wie dann, Gnädiger Herr, wenn es euch an die Spize des Felsens führte, der sich dort über die See hinaus bükt, und dann eine noch fürchterlichere Gestalt annähme, welche euern Verstand verwirren und in sinnloser Betäubung euch in die Tiefe hinunter stürzen könnte? Denket an diß! Der Ort allein, ohne daß noch andere Ursachen dazu kommen dürfen, könnte einem, der so viele Faden tief in die See hinab schaute, und sie von unten herauf so gräßlich heulen hörte, einen Anstoß von Schwindel geben.

HAMLET.

Es winkt mir noch immer: Geh nur voran, ich will dir folgen.

MARCELLUS.

Wir lassen euch nicht gehen, Gnädiger Herr.

HAMLET.

Zurük mit euern Händen!

MARCELLUS.

Laßt euch rathen, ihr sollt nicht gehen.

HAMLET.

Mein Verhängniß ruft; seine Stimme macht jede kleine Ader in diesem Körper so stark, als den Nerven des Nemeischen Löwens: Er ruft mir noch immer: Laßt eure Hände von mir ab, ihr Herren -- *(Er reißt sich von ihnen los.)* Beym Himmel, ich will ein Gespenst aus dem machen, der mich halten will -- Weg, sag ich -- Geht -- Ich will mit dir gehen --

(Hamlet und der Geist gehen ab.)

HORATIO.

Seine Einbildung ist so erhizt, daß er nicht weiß was er thut.

MARCELLUS.

Wir wollen ihm folgen; bey einer solchen Gelegenheit wär' es wider unsre Pflicht, gehorsam zu seyn.

HORATIO.

Das wollen wir -- Was wird noch endlich daraus werden?

MARCELLUS.

Es muß ein verborgnes Uebel im Staat von Dännemark liegen.

HORATIO.

Der Himmel wird alles leiten.

MARCELLUS.

Fort, wir wollen ihm nachgehen.

(Sie gehen ab.)

*

ACHTE SCENE.

Verwandelt sich in einen entferntern Theil der Terrasse.

Der Geist und Hamlet treten wieder auf.

HAMLET.

Wohin willt du mich führen? Rede; ich gehe nicht weiter.

GEIST.

Höre mich an.

HAMLET.

Das will ich.

GEIST.

Die Stunde rükt nah herbey, da ich in peinigende Schwefel-Flammen zurükkehren muß.

HAMLET.

Du daurst mich, armer Geist!

GEIST.

Bedaure mich nicht, sondern höre aufmerksam an, was ich dir entdeken werde.

HAMLET.

Rede, ich bin schuldig, zu hören --

GEIST.

Und zu rächen, was du hören wirst.

HAMLET.

Was?

GEIST.

Ich bin der Geist deines Vaters, verurtheilt eine bestimmte Zeit bey Nacht herum zu irren, und den Tag über eng eingeschlossen in Flammen zu schmachten, bis die Sünden meines irdischen Lebens durchs Feuer ausgebrannt und weggefeget sind. Wäre mirs nicht verboten, die Geheimnisse meines Gefängnisses zu entdeken, ich könnte eine Erzählung machen, wovon das leichteste Wort deine Seele zermalmen, dein Blut erstarren, deine zwey Augen, wie Sterne, aus ihren Kreisen taumeln, deine krause dichtgedrängte Loken trennen, und jedes einzelne Haar wie die Stacheln des ergrimmten Igels emporstehen machen würde: Aber diese Scenen der Ewigkeit sind nicht für Ohren von Fleisch und Blut -- Horch, horch, o horch auf! Wenn du jemals Liebe zu deinem Vater getragen hast --

HAMLET.

O Himmel!

GEIST.

So räche seine schändliche, höchst unnatürliche Ermordung.

HAMLET.

Ermordung?

GEIST.

Jeder Mord ist höchst schändlich; aber dieser ist mehr als schändlich, unnatürlich, und unglaublich.

HAMLET.

Eile, mir den Thäter zu nennen, damit ich schneller als die Flügel der Betrachtung oder die Gedanken der Liebe, zu meiner Rache fliege.

GEIST.

So bist du, wie ich dich haben will; auch müßtest du gefühlloser seyn, als das fette Unkraut, das seine Wurzeln ungestört an Lethe's Werft verbreitet, wenn du nicht in diese Bewegung kämest. Nun, Hamlet, höre. Es ist vorgegeben worden, eine Schlange habe mich gestochen, da ich in meinem Garten geschlaffen hätte. Mit dieser erdichteten Ursach meines Todes ist ganz Dännemark hintergangen worden: Aber wisse, edelmüthiger Jüngling, die Schlange, die deinen Vater zu tode stach, trägt izt seine Krone.

HAMLET.

O, meine weissagende Seele! Mein Oheim?

GEIST.

Ja, dieser ehrlose blutschändrische Unmensch verführte durch die Zauberey seines Wizes, und durch verräthrische Geschenke (o! verflucht sey der Wiz und die Geschenke, welche die Macht haben, so zu verführen,) das Herz meiner so tugendhaft scheinenden Königin. O Hamlet, was für ein Abfall war das! Von mir, dessen Liebe, in unbeflekter Würde Hand in Hand mit dem Ehe-Gelübde gieng, so ich ihr gethan hatte -- zu einem Elenden abzufallen, dessen natürliche Gaben gegen die meinigen nicht einmal in Vergleichung kamen! Allein, so wie die Tugend sich niemals verführen lassen wird, wenn das Laster gleich in himmlischer Gestalt käme, sie zu versuchen; so würde die Unzucht, und wenn sie an einen stralenden

Engel angeschlossen wäre, sich nicht enthalten können, selbst in einem himmlischen Bette ihre heißhungrige Lust an Luder-Fleisch zu büssen. Doch sachte! Mich däucht, ich wittre die Morgen-Luft -- Ich muß kurz seyn. Ich lag, wie es nachmittags immer meine Gewohnheit war, unter einer Sommer-Laube in meinem Garten, und schlief unbesorgt, als dein Oheim sich ingeheim mit einer Phiole voll Gift herbeyschlich, welches eine so gewaltsame Wirkung thut, daß es schnell wie Queksilber alle Adern durchdringt, und das sonst flüssige und gesunde Blut gerinnen macht, wie Milch wenn etwas Saures darein gegossen wird; dieses Gift schüttete er mir in die Ohren, und es wirkte so gut, daß es mir eine plözliche Schwindeflechte verursachte, die meinen ganzen Leib mit einem ekelhaften Aussaz überzog, und in einem Augenblik in ein gräßliches Scheusal verwandelte. Solchergestalt wurde ich dann schlafend, durch die Hand eines Bruders, auf einmal des Lebens, der Krone und meiner Königin beraubt; mitten in meinen Sünden weggerissen, ohne Vorbereitung, ohne Sacrament, ohne Fürbitte; eh ich meine Rechnung gemacht, mit allen meinen Vergehungen beladen, zur Rechenschaft fortgeschikt. O, es ist entsezlich, entsezlich, höchst entsezlich! Wenn du einen Bluts-Tropfen von mir in deinen Adern hast, so duld' es nicht; laß das Königliche Bette von Dännemark nicht zu einem Tummel-Plaz der Ueppigkeit und blutschändrischer Unzucht gemacht werden. Doch, so strenge du auch immer diese Greuel-That rächen magst, so befleke deine Seele nicht mit einem blutigen Gedanken gegen deine Mutter; überlaß sie dem Himmel und dem nagenden Wurm, der in ihrem Busen wühlet. Lebe wohl! Der Feuer-Wurm kündigt den herannahenden Morgen an, und beginnt sein unwesentliches Feuer auszustralen. Adieu, adieu, adieu -- Gedenke meiner, Sohn!

(Er verschwindet.)

HAMLET.

O du ganzes Heer des Himmels! O Erde! Und was noch mehr? -- Soll ich auch noch die Hölle aufruffen? -- O Fy, halte dich, mein Herz! Und ihr, meine Nerven, werdet nicht plözlich alt, sondern traget mich aufrecht -- Deiner gedenken? Ja, du armer unglüklicher Geist, so lange das Gedächtniß in diesem betäubten Rund *(er schlägt an seinen Kopf)* seinen Siz behalten wird! -- Deiner gedenken? Ja, ja, ich will sie alle von der Tafel meines Gedächtnisses wegwischen, alle diese alltägliche läppische Erinnerungen, alles was ich in Büchern gelesen habe, alle andern Ideen und Eindrüke, welche Jugend und Beobachtung darinn eingezeichnet haben; ich will sie auslöschen, und dein Befehl allein, unvermischt mit geringerer Materie, soll den ganzen Raum meines Gehirns ausfüllen. Ja, beym Himmel! -- O! abscheuliches Weib! O Bösewicht, Bösewicht, lächelnder verdammter Bösewicht! -- Meine Schreib-Tafel -- ich will es niederschreiben -- daß einer lächeln und immer lächeln, und doch ein Bösewicht seyn kan -- wenigstens weiß ich nun, daß es in Dännemark so seyn kan -- *(Er schreibt.)* So, Oheim, da steht ihr; izt zu meinem Wortzeichen; es ist: Adieu, adieu, gedenke meiner: Ich hab' es beschworen --

*

NEUNTE SCENE.

Horatio und Marcellus treten auf.

HORATIO.

Gnädiger Herr, Gnädiger Herr --

MARCELLUS.

Prinz Hamlet --

HORATIO.

Der Himmel schüze ihn!

MARCELLUS.

Amen!

HORATIO.

Holla, ho! ho! Gnädiger Herr --

HAMLET.

Hillo, ho, ho; Junge; komm, Vogel, komm --

MARCELLUS. HORATIO.

Wie geht es, Gnädiger Herr? Was habt ihr Neues gehört?

HAMLET.

O, Wunderdinge!

HORATIO.

Entdekt sie uns, Gnädiger Herr.

HAMLET.

Nein, ihr würdet es ausbringen.

HORATIO.

Ich nicht, Gnädiger Herr, beym Himmel!

MARCELLUS.

Ich auch nicht, Gnädiger Herr.

HAMLET.

Nun, sagt mir denn einmal, könnte sich ein Mensch zu Sinne kommen lassen -- Aber wollt ihr schweigen?

BEYDE.

Ja, beym Himmel, Gnädiger Herr.

HAMLET.

Es wohnt nirgends im ganzen Dännemark kein Bösewicht, der nicht ein ausgemachter Schurke ist.

HORATIO.

Es braucht keinen Geist, Gnädiger Herr, der aus seinem Grabe aufstehe, uns das zu sagen.

HAMLET.

Richtig, so ist's; ihr habt recht; und also ohne weitere Umstände, hielt ich für rathsam, daß wir einander die Hände geben und scheiden; ihr, wohin euch eure Geschäfte und Absichten weisen, (denn jedermann hat seine Geschäfte und Absichten, wie es geht) und was mich selbst betrift, ich will beten gehen.

HORATIO.

Gnädiger Herr, das sind nichts als wunderliche und schnarrende Reden.

HAMLET.

Es ist mir leid, daß sie euch beleidigen, herzlich leid; in der That, herzlich.

HORATIO.

Die Rede ist von keiner Beleidigung, Gnädiger Herr.

HAMLET.

Ja, bey Sanct Patriz! Die Rede ist hier von einer Beleidigung, Gnädiger Herr, und von einer schweren, das glaubt mir. Was diese Erscheinung hier betrift -- Es ist ein ehrlicher Geist, das kan ich euch sagen: Aber euer Verlangen zu wissen was zwischen uns vorgegangen ist, das übermeistert so gut ihr könnet. Und nun, meine guten Freunde, wenn wir Freunde, Schul- und Spieß-Gesellen sind, so gewährt mir eine einzige arme Bitte.

HORATIO.

Was ist es, Gnädiger Herr?

HAMLET.

Saget niemanden nichts von dem, was ihr heute Nacht gesehen habt.

BEYDE.

Wir versprechen es Euer Gnaden.

HAMLET.

Das ist nicht genug, ihr müßt mir's zuschwören.

HORATIO.

Auf meine Treu, Gnädiger Herr, ich will nichts sagen.

MARCELLUS.

Ich auch nicht, Gnädiger Herr, bey meiner Treue.

HAMLET.

Schwört auf mein Schwerdt.

MARCELLUS.

Wir haben ja schon geschworen, Gnädiger Herr.

HAMLET.

Auf mein Schwerdt sollt ihr schwören, in der That.

DER GEIST *ruft hinter der Bühne:*

Schwört.

HAMLET.

Ha, ha, Junge, sagst du das? Bist du noch da? -- Kommt, kommt, ihr hört ja was der Bursche dahinten sagt -- Schwört!

HORATIO.

Was sollen wir dann beschwören, Gnädiger Herr?

HAMLET.

Daß ihr niemals von dem was ihr gesehen habet, reden wollt. Schwört bey meinem Schwerdt. (*)

GEIST.

Schwört!

HAMLET.

Hier und überall? So wollen wir uns einen andern Plaz suchen. Kommt hieher, ihr Herren, leget eure Hände nochmals auf mein Schwerdt, und schwört, daß ihr gegen niemand sagen wollt, was ihr gehört habt. Schwört bey meinem Schwerdt.

GEIST.

Schwört bey seinem Schwerdt.

HAMLET.

Wolgesprochen, alter Maulwurf, kanst du so schnell in den Boden arbeiten? Das heiß' ich einen geschikten Schanz-Gräber! -- Noch ein wenig weiter weg, gute Freunde.

(*) Eine Anspielung auf die Gewohnheit der alten Dähnen, auf ihr Schwerdt zu schwören, wenn sie den feyrlichsten Eid thun wollten. Sehet den Bartholinus, *de Causis contemp. mort. apud Dan.*

Warburton.

HORATIO.

O Tag und Nacht, aber das ist ausserordentlich seltsam.

HAMLET.

Eben darum, weil es euch so fremd vorkommt, so heißt es als einen Fremdling willkommen. Mein guter Horatio, es giebt Sachen im Himmel und auf Erden, wovon sich unsre Philosophie nichts träumen läßt. Aber kommt; schwört mir, wie zuvor, daß ihr niemals (so wahr euch Gott gnädig sey!) So seltsam und widersinnisch ich mich auch immer anstellen und betragen mag (wie ich, vielleicht, künftig vor gut befinden könnte, zu thun) daß ihr, wenn ihr mich alsdann sehen werdet, niemals durch eine solche Stellung der Arme, oder ein solches Kopfschütteln, oder durch irgend eine geheimnißvolle abgebrochne Redensart, als gut -- wir wissen was wir wissen -- oder, wir könnten, wenn wir wollten -- oder, wenn wir reden möchten -- oder, es könnte wol vielleicht -- oder andere solche zweydeutige Andeutungen zu erkennen geben wollet, daß ihr mehr von mir wisset als andre; das schwört mir, als euch der Himmel in eurer höchsten Noth helfen wolle! Schwört!

GEIST.

Schwört! *(Sie schwören.)*

HAMLET.

Gieb dich zur Ruh, gieb dich zur Ruh, unglüklicher Geist. So, ihr Herren; ich empfehle und überlasse mich euch wie ein Freund seinen Freunden, und was ein so armer Mann als Hamlet ist, thun kan, euch seine Liebe und Freundschaft auszudrüken, das soll, ob Gott will, nicht fehlen. Wir wollen gehen, aber immer eure

Finger auf dem Mund, ich bitte euch: Die Zeit ist aus ihren Fugen gekommen; o! unseliger Zufall! daß ich gebohren werden mußte, sie wieder zurecht zu sezen! Nun, kommt, wir wollen mit einander gehen.

(Sie gehen ab.)

*

Zweyter Aufzug.

ERSTE SCENE.

Ein Zimmer in Polonius Hause.

Polonius und Reinoldo treten auf.

POLONIUS.

Uebergieb ihm dieses Geld und diese Papiere.

REINOLDO.

Ich werde nicht ermangeln, Gnädiger Herr.

POLONIUS.

Es würde überaus klug von euch gehandelt seyn, ehrlicher Reinold, wenn ihr euch vorher, eh ihr zu ihm geht, nach seiner Aufführung erkundigen würdet.

REINOLDO.

Das war auch mein Vorsaz, Gnädiger Herr.

POLONIUS.

Meiner Treu, das war ein guter Gedanke; ein sehr guter Gedanke. Seht ihr, Herr, zuerst erkundiget euch, was für Dähnen in Paris seyen, und wie, und wer, und wie bemittelt, und wo sie sich aufhalten, und was sie für Gesellschaft sehen, und was sie für einen Aufwand machen; und findet ihr aus ihren Antworten auf diese Präliminar-Fragen, daß sie meinen Sohn kennen, so kommt ein wenig näher; stellt euch, als ob ihr ihn so von weitem her kenntet - - zum Exempel, so - - Ich kenne seinen Vater und seine Freunde, und zum

Theil, ihn selbst -- Merkt ihr was ich damit will, Reinoldo?

REINOLDO.

Ja, sehr wohl, Gnädiger Herr.

POLONIUS.

Und zum Theil ihn selbst -- Doch könnt ihr hinzu sezen -- nicht sehr genau; aber wenn es der ist, den ich meyne, so ist er ein ziemlich wilder junger Mensch -- Solchen und solchen Ausschweiffungen ergeben -- Und da könnt ihr über ihn sagen, was ihr wollt; doch nichts was seiner Ehre nachtheilig seyn könnte; auf das müßt ihr wol Acht geben; aber wol solche gewöhnliche Excesse von Muthwillen und Wildheit, welche gemeiniglich Gefährten der Jugend und Freyheit zu seyn pflegen --

REINOLDO.

Als wie Spielen, Gnädiger Herr --

POLONIUS.

Ja, oder trinken, fluchen, Händel machen, den Weibsbildern nachlauffen -- So weit dürft ihr schon gehen.

REINOLDO.

Aber das würde ja seiner Ehre nachtheilig seyn.

POLONIUS.

Das nicht, wenn ihr euch in den Ausdrüken ein wenig vorsehet: Ihr müßt eben nicht so weit gehen, und ihn beschuldigen, daß er ein öffentlicher Huren-Jäger sey, das ist nicht meine Meynung; ihr müßt so von seinen Fehlern reden, daß sie für Fehler der Freyheit, Ausbrüche eines feurigen Blutes, einer noch ungebändigten Jugend-Hize, die allen jungen Leuten gemein sind, angesehen werden können.

REINOLDO.

Aber, warum, Gnädiger Herr --

POLONIUS.

Warum ihr das thun sollt?

REINOLDO.

Ja, Gnädiger Herr, das wollt' ich fragen.

POLONIUS.

Gut, Herr, das will ich euch sagen; es ist ein Kunstgriff, Herr, und, beym Element, ich denke einer von den feinen. Seht ihr, wenn ihr meinem Sohn dergleichen kleinen Fehler beyleget, daß man denken kan, es sey ein junger Bursche, der ein wenig im Machen mißgerathen sey -- versteht ihr mich, so wird derjenige, mit dem ihr in Conversation seyd, und den ihr gern ausholen möchtet, wenn er den jungen Menschen, von dem die Rede ist, gelegenheitlich etwann einer oder der andern von vorbesagten Ausschweiffungen sich schuldig machen, gesehen hat, so zählt darauf, daß er sich folgender massen gegen euch herauslassen wird: Mein werther Herr, oder Herr schlechtweg, oder mein Freund, oder wie er dann sagen mag --

REINOLDO.

Sehr wohl, Gnädiger Herr --

POLONIUS.

Und dann, Herr, thut er das -- thut er -- was wollt ich sagen -- Ich wollte da was sagen -- wo blieb ich?

REINOLDO.

Bey dem, wie er sich gegen mich herauslassen würde --

POLONIUS.

Wie er sich herauslassen würde -- Ja, meiner Six -- er

würde sich so herauslassen -- Ich kenne den jungen Herrn, ich sah ihn gestern oder vorgestern, oder einen andern Tag mit dem und dem; und wie ihr sagt, da spielte er, da gerieth er in Hize, da fieng er beym Ballspiel Händel an; oder vielleicht, ich sah ihn in diß oder jenes verdächtige Haus gehen, Videlicet in ein Bordell, oder dergleichen -- Seht ihr nun, daß auf diese Weise der Angel eurer Lüge diesen Karpen der Wahrheit fangen könnt -- Das sind die Wege, wie wir andern Gelehrten und Staatisten, durch Winden und Sondiren, *per indirectum*, hinter die wahre Beschaffenheit der Sachen zu kommen pflegen: Ich mache euch kein Geheimniß aus dieser Frucht meiner ehmaligen Lectur und Erfahrung, damit ihr sie nun bey meinem Sohn applicieren könnt -- Ihr habt mich doch begriffen; habt ihr nicht?

REINOLDO.

Ja wohl, Gnädiger Herr.

POLONIUS.

So behüt euch Gott; lebt wohl.

REINOLDO.

Mein Gnädiger Herr --

POLONIUS.

Ihr müßt trachten, daß ihr durch euch selbst hinter seine Neigungen kommt.

REINOLDO.

Das will ich, Gnädiger Herr.

POLONIUS.

Und macht, daß er seine Musik fleissig exerciert.

REINOLDO.

Wohl, Gnädiger Herr.

(Reinold geht ab.)

*

ZWEYTE SCENE.

Ophelia tritt auf.

POLONIUS.

Lebt wohl -- Ha, was giebts, Ophelia? Was wollt ihr?

OPHELIA.

Ach, Gnädiger Herr Vater, ich bin so erschrekt worden!

POLONIUS.

Womit, womit, ums Himmel willen?

OPHELIA.

Gnädiger Herr Vater, weil ich in meinem Zimmer saß und nähte, da kam der Prinz Hamlet, sein Wammes von oben an bis unten ungeknöpft, keinen Hut auf dem Kopf, seine Strümpfe nicht aufgezogen, ohne Kniebänder, bis auf die Zehen herunter gerollt, so bleich wie sein Hemde, zitternd, daß seine Kniee an einander anschlugen, und mit einem Blik von so erbärmlicher Bedeutung, als ob er aus der Hölle herausgelassen worden wäre, damit er von ihren Schreknissen reden sollte; in dieser Gestalt stellte er sich vor mich hin.

POLONIUS.

Er wird doch nicht aus Liebe zu dir toll worden seyn?

OPHELIA.

Ich weiß es nicht, Gnädiger Herr Vater, aber, auf meine Ehre, ich besorg es.

POLONIUS.

Was sagte er dann?

OPHELIA.

Er nahm mich bey der Hand, und hielt mich fest; hernach trat er um die ganze Länge seines Arms zurük, und die andre Hand hielt er so über seine Stirne, und dann sah er mir scharf ins Gesicht, als ob er es abzeichnen wollte. So stuhnd er eine gute Weile; zulezt schüttelte er mir den Arm ein wenig, wankte dreymal so mit dem Kopf auf und nieder, und holte dann einen so tiefen und erbärmlichen Seufzer, daß ich nicht anders dachte, als er würde den Geist aufgeben. Drauf ließ er mich gehen, drehte seinen Kopf über die Schulter, und schien seinen Rükweg ohne Augen zu finden; denn, er kam ohne ihre Hülfe zur Thür hinaus, und heftete sie zulezt noch mit einem traurigen Blik auf mich.

POLONIUS.

Komm mit mir, ich will den König aufsuchen. Das ist nichts anders, als die Wirkung einer übermässigen und ausser sich selbst gebrachten Liebe; denn die Gewalt der Liebe ist so heftig, daß sie den Menschen zu so verzweifelten Handlungen treiben kan, als irgend eine andre Leidenschaft, womit unsre Natur behaftet ist. Es ist mir Leid dafür; habt ihr ihn etwa kürzlich hart angelassen?

Ophelia.

Nein, Gnädiger Herr Vater; alles was ich that, war bloß, daß ich nach euerm Befehl keine Briefe von ihm annahm, und ihn nicht vor mich kommen ließ.

Polonius.

Und darüber ist er närrisch worden. Es ist mir leid, daß ich die Natur seiner Zuneigung zu dir nicht besser beobachtet habe. Ich besorgte, er kurzweile nur so, und suche dich zu verführen; aber der Henker hole meine voreilige Besorgniß; es scheint es sey eine Eigenschaft des Alters, die Vorsichtigkeit zu weit zu treiben, so wie bey jungen Leuten nichts gemeiners ist als gar keine zu haben. Kommt, wir wollen zum Könige gehen. Er muß Nachricht hievon bekommen; die Entdekung dieses Geheimnisses kan uns lange nicht so viel Verdruß zuziehen, als wir davon haben könnten, wenn wir länger schweigen würden.

(Sie gehen ab.)

*

DRITTE SCENE.

Verwandelt sich in den Palast.

Der König, die Königin, Rosenkranz, Güldenstern, Edle und andre vom Königlichen Gefolge.

König.

Willkommen, Rosenkranz und Güldenstern. Ausserdem, daß wir ein besonderes Verlangen getragen haben euch zu sehen, hat uns noch die Nothwendigkeit, Gebrauch von euch zu machen, zu dieser eilfertigen Beschikung vermocht. Ihr habet vermuthlich etwas von Hamlets Verwandlung gehört; so muß ich es nennen, da er weder dem Aeusserlichen noch Innerlichen, noch sich selbst mehr ähnlich ist. Was das seyn mag, was, ausser seines Vaters Tod, ihn zu dieser Entfremdung von sich selbst gebracht hat, kan ich mir nicht träumen lassen. Ich bitte euch also beyde, da ihr von eurer ersten Jugend an mit ihm auferzogen worden, und die Gleichheit des Alters euch zu seiner Vertraulichkeit mehr Recht als andern giebt, so haltet euch nur eine kleine Zeitlang an unserm Hofe auf, um ihm Gesellschaft zu leisten, ihn in allerley Lustbarkeiten zu ziehen, und zu versuchen, ob ihr nicht Gelegenheit findet von ihm heraus zu loken, was die uns unbekannte Ursache seiner ungewöhnlichen Schwermuth ist, und ob sie so beschaffen ist, daß wir derselben abzuhelfen im Stande sind.

KÖNIGIN.

Meine liebe Herren, er hat viel von euch gesprochen, und ich bin gewiß daß niemand in der Welt ist, auf den er mehr hält als auf euch beyde. Wenn ihr uns so viele Gefälligkeit und guten Willen erweisen, und euch so lange hier bey uns aufhalten wollet, als zu Erreichung unsrer Absicht und Erwartung nöthig seyn mag, so seyd versichert, daß euer Besuch einen Dank erhalten soll, wie es der Erkenntlichkeit eines Königs anständig ist.

ROSENKRANZ.

Eure Majestäten haben beyderseits eine so unumschränkte Macht über uns, daß sie da befehlen können, wo es ihnen beliebt zu bitten.

GÜLDENSTERN.

Wir gehorchen also beyde, und geben alles was wir

sind zum Pfand des Eifers, womit wir uns bestreben werden, unsre Dienste zu euern Füssen zu legen.

KÖNIG.

Ich danke euch, werther Rosenkranz und Güldenstern.

KÖNIGIN.

Ich danke euch, werther Güldenstern und Rosenkranz, und ersuche euch, sogleich zu gehen, und meinem ganz unkenntlich gewordnen Sohn einen Besuch zu geben. Geh einer von euch, und führe diese Herren zu Hamlet.

GÜLDENSTERN.

Gebe der Himmel, daß ihm unsre Gegenwart und unsre Verwendungen angenehm und heilsam sey!

(Rosenkranz und Güldenstern gehen ab.)

KÖNIGIN.

Amen!

Polonius zu den Vorigen.

POLONIUS.

Gnädigster Herr; die Abgesandten nach Norwegen sind glüklich wieder angelangt.

KÖNIG.

Du bist immer der Vater guter Zeitungen gewesen.

POLONIUS.

Bin ich, Gnädigster Herr? Seyd versichert, mein Gebieter, ich halte auf meine Pflicht wie auf meine Seele, beydes gegen meinen Gott und gegen meinen huldreichesten König; und ich denke, (oder mein Kopf müßte alle die Mühe, die ich in meinem Leben auf die politische Wahrsager-Kunst gewandt, vergebens gehabt haben,) ich denke, ich habe die wahre Ursache von Hamlets Wahnwiz ausfündig gemacht.

KÖNIG.

O, so redet von dem, was mich am meisten verlangt zu hören.

POLONIUS.

Gebet vorher den Abgesandten Audienz; meine Neuigkeit soll der Nachtisch von diesem grossen Schmause seyn.

KÖNIG.

So erweiset ihnen die Ehre, und führet sie selbst ein. *(Polonius geht ab.)* Er sagt mir, meine liebste Königin, er habe die wahre Quelle von unsers Sohnes Krankheit ausfündig gemacht.

KÖNIGIN.

Ich besorge, es ist im Grunde keine andre, als seines Vaters Tod und unsre übereilte Vermählung.

*

VIERTE SCENE.

Polonius kommt mit Voltimand und Cornelius zurük.

KÖNIG.

Gut, wir wollen ihm die Würmer schon aus der Nase ziehen -- Willkommen, meine guten Freunde! Redet, Voltimand, was bringt ihr uns von unserm Bruder Norwegen?

VOLTIMAND.

Die verbindlichste Erwiederung euers Grusses mit allen freundschaftlichen Erbietungen. Auf unsre erste

Anzeige schikte er aus, die Werbungen seines Neffen abzustellen, welche er für eine Zurüstung gegen Pohlen gehalten hatte; wie er aber besser zur Sache sah, befand sich's, daß es in der That gegen Eu. Majestät abgesehen war: Bey dieser Entdekung führte er grosse Klagen, daß seine Alters-Schwachheit und Unvermögenheit so mißbraucht werde, und ließ den Fortinbras sogleich in Verhaft nehmen; dieser (damit wir unsre Erzählung kurz zusammen fassen) unterwarf sich, nahm von seinem Oheim einen scharfen Verweiß ein, und gelobete demselben zulezt in die Hand, daß er die Waffen niemals gegen Eu. Majestät ergreiffen wolle. Hierüber hatte der alte Norwegen eine so grosse Freude, daß er ihm auf der Stelle ein jährliches Gehalt von dreytausend Kronen ausmachte, mit dem Auftrag, die bereits angeworbnen Truppen gegen den König in Pohlen zu gebrauchen; zu welchem Ende er dann Eu. Majestät in gegenwärtigem Schreiben ersucht, daß es ihr gefallen möchte, selbigen den ruhigen Durchzug durch ihre Staaten zu dieser Unternehmung zu gestatten, unter denjenigen Bedingnissen und Sicherheits-Clausuln, welche in bemeldtem Schreiben enthalten sind.

König.

Wir sind es ganz wol zufrieden, und werden, bey gelegnerer Zeit dieses Schreiben lesen, überdenken und beantworten. Inzwischen danken wir euch für eure glüklich angewandte Bemühung. Gehet izt und ruhet aus; auf die Nacht wollen wir uns mit einander lustig machen. Seyd nochmals freundlich willkommen!

(Die Gesandten gehen ab.)

Polonius.

Dieses Geschäfte ist nun glüklich geendigt. Mein Gnädigst gebietender Herr, und meine Gnädigste Frau; weitläufig zu exponieren, was Majestät und was Pflicht ist, warum der Tag Tag, die Nacht Nacht, und die Zeit Zeit ist, wäre nichts anders als Tag, Nacht und Zeit verderben. Demnach und alldieweilen dann die Kürze die Seele des Wizes, und Weitläufigkeit im Vortrag nur den Leib und die äusserliche Auszierung desselben ausmacht, so will ich mich der Kürze befleissen: Euer edler Sohn ist toll; toll, nenn ich es, denn um von der wahren Tollheit eine Definition zu geben, was ist sie anders, als sonst nichts zu seyn als toll? Doch das wollen wir izo beyseite sezen --

KÖNIGIN.

Mehr Stoff mit weniger Kunst, wenn es euch beliebig wäre.

POLONIUS.

Gnädigste Frau, ich kan drauf schwören, daß ich vor dißmal gar keine Kunst gebrauche. Daß er toll ist, ist wahr; daß es wahr ist, ist zu bedauren -- eine drollige Figur -- Aber sie mag reisen; denn ich will hier gar keine Kunst gebrauchen. Wir wollen also zum Grund legen, daß er toll ist; nun ist übrig, daß wir die Ursache von diesem Effect, oder richtiger zu reden, die Ursache von diesem Defect ausfindig machen. Das bleibt übrig, und dieses Residuum ist diß -- Ueberleget die Sache. Ich habe eine Tochter; habe, sag' ich, so lange sie mein ist; und diese hat, aus schuldiger Pflicht und Gehorsam, merket wol, mir dieses zugestellt; nun rathet einmal, oder bildet euch ein was es seyn mag.

(Er öffnet einen Brief und ließt:)

»An den himmlischen Abgott meiner Seele, die reizerfüllteste Ophelia« -- Das ist eine schlimme Redensart, eine abgeschmakte Redensart: Reizerfüllteste ist eine abgeschmakte Art zu reden: Aber ihr werdet's erst noch hören -- »Diese Zeilen auf ihren unvergleichlichen weissen Busen, diese --

KÖNIGIN.

Kommt das von Hamlet an sie?

POLONIUS.

Gnädigste Frau, nur eine kleine Geduld, ich will meine Schuldigkeit thun. *(Er ließt:)*

Zweifle an des Feuers Hize,
Zweifle an der Sonne Licht,
Zweifle ob die Wahrheit Lüge,
Schönste, nur an deinem Siege
Und an meiner Liebe nicht.

O, meine liebste Ophelia, ich bin böse über diese Verse; ich verstehe die Kunst nicht meine Seufzer an den Fingern abzuzählen, aber daß ich dich so vollkommen liebe als du liebenswürdig bist, das glaube. Adieu. Der deinige so lange diese Maschine sein ist, Hamlet.« Dieses hat mir also meine Tochter aus pflichtschuldigem Gehorsam gezeigt, und überdas noch weiters meine Ohren mit allen seinen Nachstellungen, so wie sie nach Zeit, Ort und Umständen sich begeben haben, bekannt gemacht.

KÖNIG.

Aber wie hat sie seine Liebe aufgenommen?

POLONIUS.

Was denket ihr von mir?

KÖNIG.

Daß ihr ein ehrlicher und pflichtvoller Mann seyd.

POLONIUS.

So möchte ich in der Probe gerne bestehen. Aber was könntet ihr denken? Wie ich diese feurige Liebe gewahr wurde, (und ich muß euch gestehen, daß ich sie merkte, eh mir meine Tochter was davon sagte,) was hätten Eu. Königliche Majestäten denken können? Wenn ich einen Pult oder eine Schreib-Tafel vorgestellt, oder aus weitaussehenden Absichten den Tauben und Stummen gemacht, oder über diese Liebe mit gleichgültigen Augen hingesehen hätte, was würdet ihr denken? Aber nein, ich gieng fein gerade durch, und besprach mein junges Frauenzimmer folgender maassen: Prinz Hamlet ist ein Prinz, und also über deiner Sphäre; es kan nicht seyn; und dann gab ich ihr Regeln, wie sie sich vor ihm unsichtbar machen, keine Bottschaften von ihm vor sich lassen, und weder Briefchen noch Geschenke annehmen sollte -- Das that sie nun; aber sehet was die Früchte meines Raths gewesen sind. Denn, daß ich es kurz mache, wie er abgewiesen wurde, so gerieht er in Traurigkeit, hernach verlohr er den Appetit, darauf den Schlaf, dadurch verfiel er in Schwachheit, aus dieser in ein Delirium, und so von Grad zu Grad, endlich in die Tollheit, worinn er nun raset, und welche wir alle beweinen.

KÖNIG.

Denkt ihr das?

KÖNIGIN.

Es kan gar wol möglich seyn.

POLONIUS.

Ist jemals eine Zeit gewesen, das möcht' ich doch gerne wissen, wo ich positive gesagt habe, es ist so, und es hat sich anders befunden?

König.

Meines Wissens nicht.

Polonius.

Wenn es anders ist, will ich meinen Kopf verlohren haben. Wenn ich nur einige Umstände weiß, so will ich allemal finden, wo die Wahrheit verstekt liegt, und wenn sie im Mittelpunkt der Erde stekte.

König.

Aber wie könnten wir der Sache gewisser werden?

Polonius.

Ihr wißt, daß er manchmal vier Stunden hinter einander hier in der Galerie auf- und abgeht.

Königin.

Es ist so.

Polonius.

Um eine solche Zeit will ich meine Tochter zu ihm lassen: Ihr und ich wollen uns hinter eine Tapete verstеken, und da wollen wir beobachten, was vorgehen wird: Liebt er sie nicht, und hat seine Vernunft nicht darüber verlohren, so will ich meine Minister-Stelle aufgeben, ein Bauer werden und Mist auf meine Felder führen.

König.

Wir wollen die Sache näher erkundigen.

*

FÜNFTE SCENE.

Hamlet, in einem Buche lesend, tritt auf.

KÖNIGIN.

Seht, da kommt der arme Tropf daher, in einem Buch lesend -- wie schwermüthig er aussieht!

POLONIUS.

Ich bitte euch, entfernt euch beyde. Ich will ihn anreden. *(Der König und die Königin gehen ab.)* O, mit Erlaubniß -- Wie befindet sich mein Gnädigster Prinz Hamlet? --

HAMLET.

Wohl, Gott sey Dank.

POLONIUS.

Kennt ihr mich, Gnädiger Herr?

HAMLET.

Sehr wol; ihr seyd ein Fisch-Händler.

POLONIUS.

Das bin ich nicht, Gnädiger Herr.

HAMLET.

So wollt' ich, ihr wäret so ein ehrlicher Mann.

POLONIUS.

Ehrlich, Gnädiger Herr?

HAMLET.

Ja, Herr; ehrlich seyn, das ist, so wie die heutige Welt geht, so viel als aus Zehntausenden ausgeschlossen seyn.

POLONIUS.

Das ist wol wahr, Gnädiger Herr.

HAMLET.

Denn wenn die Sonne Maden in einem todten Hunde zeugt, die doch ein Gott ist, aber sobald sie ein Aaß küßt -- Habt ihr eine Tochter?

POLONIUS.

Ja, Gnädiger Herr.

HAMLET.

Laßt sie nicht in der Sonne gehen; Empfängniß ist ein Segen, aber wie eure Tochter empfangen könnte, ist keiner; gebt Acht auf das.

POLONIUS.

Was wollt ihr damit sagen? -- *(vor sich.)* Immer die gleiche Leyer, von meiner Tochter; und doch kannte er mich anfangs nicht; er hielt mich für einen Fisch-Händler. Es ist weit mit ihm gekommen; aber ich erinnre mich wol, daß ich in meiner Jugend erschreklich viel von der Liebe ausgestanden habe, es war diesem ziemlich nahe -- Ich will ihn noch einmal anreden. Was leset ihr, Gnädiger Herr?

HAMLET.

Worte, Worte, Worte.

POLONIUS.

Wovon ist die Rede, Gnädiger Herr?

HAMLET.

Zwischen wem?

POLONIUS.

Ich meyne, was der Inhalt dessen, was ihr leset, sey?

HAMLET.

Calumnien, Herr; denn der satyrische Bube da sagt, alte Männer hätten graue Bärte, und runzlichte Gesichter, ihr Augen trieften Amber und Pflaumen-

Baum-Harz, und sie hätten vollen Mangel an Verstand mit sehr schwachen Schinken. Welches alles, mein Herr, ich zwar mächtiglich und festiglich glaube; aber doch halt' ich es für Unhöflichkeit, daß es so niedergeschrieben worden; denn ihr selbst, Herr, würdet so alt als ich seyn, wenn ihr wie ein Krebs rükwärts gehen könntet.

POLONIUS *(vor sich.)*

Wenn das Tollheit ist, wie es dann ist, so ist doch Methode drinn -- Wollt ihr nicht ein wenig aus der freyen Luft gehen, Gnädiger Herr?

HAMLET.

In mein Grab.

POLONIUS.

In der That, das wäre aus der freyen Luft -- *(vor sich.)* wie nachdrüklich manchmal seine Antworten sind! Das ist ein Vortheil der unsinnigen Leute, daß sie zuweilen Einfälle haben, die einem der bey seinen Sinnen ist, nicht so schnell und leicht von statten giengen -- Ich will ihn verlassen, und sogleich Anstalt zu einer Zusammenkunft zwischen ihm und meiner Tochter machen -- *(laut)* Gnädigster Herr, ich nehme meinen unterthänigen Abschied von euch.

HAMLET.

Mein Leben ausgenommen, könnt ihr mir in der Welt nichts nehmen, dessen ich so leicht entrathen kan.

POLONIUS.

Lebet wohl, Gnädiger Herr.

HAMLET *(vor sich.)*

Die verdrießlichen alten Narren!

*

SECHSTE SCENE.

Rosenkranz und Güldenstern treten auf.

POLONIUS.

Ihr sucht vermuthlich den Prinzen Hamlet; hier ist er.

(Er geht ab.)

ROSENKRANZ.

Gott erhalte euch, Gnädiger Herr.

GÜLDENSTERN.

Mein theurester Prinz!

HAMLET.

Ah, meine werthen guten Freunde! Wie lebst du, Güldenstern? Ha, Rosenkranz, ihr ehrlichen Jungens, wie geht's euch beyden?

ROSENKRANZ.

Wie es so unbedeutenden Erden-Söhnen zu gehen pflegt.

GÜLDENSTERN.

Eben darinn glüklich, daß wir nicht gar zu glüklich sind -- Wir sind eben nicht der Knopf auf Fortunens Kappe.

HAMLET.

Doch nicht die Solen an ihren Schuhen?

ROSENKRANZ.

Das auch nicht, Gnädiger Herr.

HAMLET.

Ihr hangt also an ihrem Gürtel -- Gut; was bringt ihr denn neues?

ROSENKRANZ.

Nichts, Gnädiger Herr, als daß die Welt ehrlich worden ist.

HAMLET.

So ist der jüngste Tag im Anzug; aber eure Zeitung ist falsch. Verstattet mir einmal eine vertrauliche Frage: Womit habt ihr euch an der Göttin Fortuna versündiget, meine guten Freunde, daß sie euch hieher in den Kerker geschikt hat?

GÜLDENSTERN.

In den Kerker, Gnädiger Herr?

HAMLET.

Dännemark ist ein Kerker.

ROSENKRANZ.

So ist die ganze Welt einer.

HAMLET.

Ein recht stattlicher, worinn viele Thürme, Gefängnisse und Löcher sind, unter denen Dännemark eines der ärgsten ist.

ROSENKRANZ.

Wir denken nicht so, Gnädiger Herr.

HAMLET.

Nicht? Nun so ist es auch nicht so für euch: Es ist nichts so gut oder so schlimm, das nicht durch unsre Meynung dazu gemacht wird: Für mich ist es ein Gefängniß.

ROSENKRANZ.

Wenn das ist, so macht es euer Ehrgeiz dazu; es ist zu enge für euern Geist.

HAMLET.

O Gott, ich wollte mich in eine Nußschale einsperren lassen, und mir einbilden, daß ich König über einen unendlichen Raum sey; wenn ich nur nicht so schlimme Träume hätte.

GÜLDENSTERN.

Welche Träume im Grunde nichts anders als Ehrgeiz sind; denn was ist das ganze Wesen des Ehrsüchtigen, als ein Schatten von einem Traum?

HAMLET.

Ein Traum ist selbst nur ein Schatten.

ROSENKRANZ.

Allerdings, und ich halte den Ehrgeiz für etwas so leichtes und unwesentliches, daß er nur der Schatten eines Schattens genennt zu werden verdient.

HAMLET.

Nach dieser Art zu urtheilen, sind unsre Bettler, Körper; und unsre Monarchen und aufgespreißten Helden, der Bettler Schatten. Wollen wir nach Hofe? Denn, auf meine Ehre, raisonnieren ist meine Sache nicht.

BEYDE.

Wir sind zu Euer Gnaden Aufwartung.

HAMLET.

Keine solche Complimente: Ich möchte euch nicht zu meinen übrigen Bedienten rechnen: Denn wenn ichs euch als ein ehrlicher Mann sagen soll, ich habe ein sehr fürchterliches Gefolge; aber in vollem Vertrauen, was thut ihr hier in Elsinoor?

ROSENKRANZ.

Wir sind blos hieher gekommen, euch unsern Besuch abzustatten.

HAMLET.

Ich bin so bettelarm, daß ich so gar an Dank arm bin; doch dank ich euch, und versichert euch, meine theuren Freunde, mein Dank ist zu theuer um einen Halb-Pfenning. Seyd ihr nicht beruffen worden? war es euer eigner Gedanke? Ist es ein Besuch aus freyem gutem Willen? Kommt, geht mit der Sprache heraus -- Kommt, kommt; nun so sagt dann --

GÜLDENSTERN.

Was sollen wir sagen, Gnädiger Herr?

HAMLET.

Das gilt mir gleich, wenn es nur zur Sache taugt. Man hat euch holen lassen; ich sehe eine Art von Geständniß in euern Augen, welches eure Bescheidenheit nicht Kunst genug hat zu maskieren. Ich bin gewiß, der gute König und die Königin haben euch holen lassen.

ROSENKRANZ.

Zu was Ende, Gnädiger Herr?

HAMLET.

Daß ihr mich ausforschen sollt; aber laßt mich euch bey den Rechten unsrer Cameradschaft, bey der Uebereinstimmung unsrer Jugend, bey den Banden unsrer niemals unterbrochnen Liebe, und bey allem was ein beßrer Redner als ich bin, euch noch theurers vorhalten könnte, beschwören, mir aufrichtig und gerade heraus zu sagen, ob man euch nicht habe holen lassen?

ROSENKRANZ *(zu Güldenstern.)*
Was sagt ihr hiezu?

HAMLET.
Nicht so, denn ich hab' ein Aug auf euch; wenn ihr mich liebet so haltet nicht zurük.

GÜLDENSTERN.
Man hat uns ruffen lassen, Gnädiger Herr.

HAMLET.
Ich will euch sagen wofür; so habt ihr euch doch keine Verrätherey vorzuwerfen, und eure Treue gegen den König und die Königin wird um keine Feder leichter. Ich habe, seit einiger Zeit, warum weiß ich selbst nicht, alle meine Munterkeit verlohren, alle meine gewohnten Uebungen aufgegeben; und in der That es ist mit meiner Schwermuth so weit gekommen, daß diese anmuthige Erde mir nur ein kahles Vorgebürge; dieses prächtige Baldachin die Luft, seht ihr, dieses stolze über uns hangende Firmament, diese majestätische Deke mit goldnen Sphären eingelegt, mir nicht anders vorkömmt, als wie ein stinkender Sammelplaz pestilenzischer Ausdünstungen. Was für ein Meisterstük ist der Mensch! Wie edel durch die Vernunft! Wie unbegrenzt in seinen Fähigkeiten! An Gestalt und Bewegungs-Kraft wie vollendet und bewundernswürdig! Im Würken wie ähnlich einem Engel! Im Denken wie ähnlich einem Gott! Die schönste Zier der Schöpfung! Das vollkommenste aller sichtbaren Wesen! Und doch, was ist in meinen Augen diese Quintessenz von Staub? Der Mensch gefällt mir nicht, und das Weib eben so wenig; ohngeachtet ihr es durch euer Lächeln zu verstehen zu geben scheint.

ROSENKRANZ.

Gnädiger Herr, ich hatte keinen Gedanken an das.

HAMLET.

Warum lachtet ihr dann, wie ich sagte, der Mensch gefalle mir nicht?

ROSENKRANZ.

Ich lachte, weil mir dabey einfiel, was für einen magern Unterhalt, bey solchen Umständen, die Comödianten, bey Euer Gnaden finden werden; wir stiessen unterwegs auf sie, und sie sind im Begriff hieher zu kommen, um euch ihre Dienste anzubieten.

HAMLET.

Derjenige, der den König macht, soll mir willkommen seyn; seine Majestät soll Tribut von mir empfangen; der irrende Ritter soll sein Rappier und seine Tarsche brauchen; der Liebhaber soll nicht gratis seufzen; die lustige Person soll ihre Rolle ruhig bis zu Ende spielen; der Hans Wurst soll alle lachen machen, deren Lunge ohnehin von scharfen Feuchtigkeiten gekizelt wird, und die Damen sollen sagen was sie denken, oder die reimlosen Verse sollen es entgelten. Was für Comödianten sind es?

ROSENKRANZ.

Die nemlichen, welche sonst euern Beyfall hatten, die Schauspieler von der Stadt.

HAMLET.

Wie kommt es, daß sie reisen? Ihre Residenz war für ihren Ruhm und ihren Beutel vorteilhafter.

ROSENKRANZ.

Ich denke, ihre Abdankung ist die Folge einiger Veränderungen, welche neuerlich gemacht worden sind.

HAMLET.

Stehen sie noch in dem nemlichen Credit wie vormals, als ich in der Stadt war? Haben sie noch so viel Zulauf?

ROSENKRANZ.

Nein in der That, den haben sie nicht.

HAMLET.

Wie kommt das, fangen sie an rostig zu werden?

ROSENKRANZ.

Nein, sie geben sich noch immer so viele Mühe als zuvor; aber es ist ein Nest voll Kinder zum Vorschein gekommen, kleine Kichelchen, die beym Haupt-Wort eines Sazes aus allen Kräften ausgrillen, und auch jämmerlich genug geschlagen werden, bis sie es so gut gelernt haben; die sind izt Mode, und überplappern die gemeinen Schauspieler (so nennen sie's) dermassen, daß manche, die einen Degen an der Seite tragen, vor Gänsespulen erschreken, und das Herz nicht haben, sie zu besuchen. (*)

HAMLET.

Kinder, sagt ihr, seyen es? Und wer unterhält sie? Wie werden sie salariert? Werden sie das Handwerk nur so lange treiben, als sie singen können? Und wenn sie sich endlich zu gemeinen Comödianten ausgewachsen haben, (wie sie doch zulezt werden müssen, wenn sie keine Mittel haben,) werden sie sich alsdann nicht beschweren, daß ihre Autoren ihnen vormals so schöne Exclamationen gegen ihre eigne künftige Profession in den Mund gelegt haben?

(*) Diese ganze Stelle bezieht sich auf einen damaligen theatralischen Streit, durch gewisse Schauspiele veranlaßt, welche von den Chor-Knaben von des Königs Jacob I. Capelle aufgeführt wurden.

ROSENKRANZ.

Bey meiner Ehre, es wurde auf beyden Seiten grosser Lerm gemacht, und die Nation hält es für keine Sünde, sie noch mehr zum Streit aufzureizen. Es war eine geraume Zeit lang mit dem schönsten Stük von der Welt kein Geld zu verdienen, wenn der Poet und der Schauspieler diese wichtige Streitfrage nicht mit hineinbrachten, und ihren Gegnern links und rechts Ohrfeigen austheilten.

HAMLET.

Ist's möglich?

GÜLDENSTERN.

O, ich kan Euer Gnaden versichern, es ist hizig hergegangen.

HAMLET.

Und tragen die Jungens es davon? (*)

GÜLDENSTERN.

Das thun sie, Gnädiger Herr; den Hercules mit samt seiner Ladung.

HAMLET.

Mich wundert es nicht; denn mein Oheim ist König in Dännemark, und die Nemlichen, welche bey meines Vaters Leben Frazen-Gesichter gegen ihn geschnitten hätten, geben izt zwanzig, vierzig, fünfzig, ja hundert Ducaten, um sein Bildniß in Miniatur zu haben. (**) Es ist etwas mehr als natürliches hierinn, das wol

---

(*) Man hat diese Redensart, welche auch im Französischen gewöhnlich ist, (*est-ce que les Enfans l'emportent?*) um der Antwort willen beybehalten müssen.

(**) Ein Stich über den Beyfall den die Chor-Knaben bey dem König und dem Hofe fanden.

werth wäre, daß die Philosophen sich Mühe gäben, es zu erforschen.

(Man hört ein Getöse.)

GÜLDENSTERN.

Da kommen die Comödianten.

HAMLET *(zu Güldenstern und Rosenkranz.)*

Meine Herren, ihr seyd willkommen in Elsinoor, gebt mir eure Hände; kommt, kommt; wir wollen die Ceremonien bey Seite legen. Das muß unter uns ausgemacht seyn, sonst würde mein Betragen gegen diese Comödianten (gegen welche ich, gewisser Ursachen wegen, höflich seyn werde,) mehr Verbindliches zu haben scheinen, als mein Bezeugen gegen euch. Ihr seyd willkommen; aber mein Oheim-Vater, und meine Tante-Mutter haben sich betrogen.

GÜLDENSTERN.

Wie so, Gnädiger Herr?

HAMLET.

Ich bin nur toll bey Nord oder Nord-West; wenn der Wind von Suden bläßt, kan ich einen Falken sehr wol von einer Hand-Säge unterscheiden. (*)

*

(*) Ein damals gewöhnliches Sprüchwort. Eigentlich soll es heissen, einen Falken von einem Reyger-Nest; allein das gemeine Volk machte aus *Hern-shaw, (I know a hawk from a hern-shaw) hand-saw* eine Hand-Säge, vermuthlich, damit die Redensart possierlicher klinge, wie es vielen Sprüchwörtern zu gehen pflegt.

SIEBENDE SCENE.

Polonius zu den Vorigen.

POLONIUS.

Ich wünsche euch viel Gutes, meine Herren.

HAMLET.

Hört ihr, Güldenstern, und ihr auch; diß grosse Wiegen-Kind, das ihr hier vor euch seht, ist noch nie aus seinen Windeln gekommen.

ROSENKRANZ.

Vielleicht ist er zum andern mal drein gekommen; denn man sagt, alte Leute zweymal Kinder.

HAMLET.

Ich seh es ihm an, daß er kommt, mir von den Comödianten zu sprechen -- Gebt Acht darauf -- Ihr habt recht, mein Herr; lezten Montag früh war es so, in der That.

POLONIUS.

Gnädiger Herr, ich habe euch was neues zu sagen.

HAMLET.

Gnädiger Herr, ich habe *euch* was neues zu sagen; als Roscius ein Comödiant zu Rom war --

POLONIUS.

Die Comödianten sind hier angekommen, Gnädiger Herr.

HAMLET.

Was?

POLONIUS.

Auf meine Ehre --

HAMLET.

Jeder Comödiant kam also auf seinem Esel --

POLONIUS.

Die besten Schauspieler in der Welt, es sey nun für Tragödie, Comödie, Historie, Pastoral, Tragi-Comödie, Comical-Pastoral, oder was ihr immer wollt; für sie ist Seneca nicht zu schwer, und Plautus nicht zu leicht. Wenn Wiz und Freyheit das einzige Gesez sind, so findet man ihres gleichen nicht in der Welt.

HAMLET.

O Jephta, Richter in Israel (*), was für einen Schaz hast du!

POLONIUS.

Was hatte er für einen Schaz, Gnädiger Herr?

HAMLET.

Ein' Tochter hatt' er, und nicht mehr,
Ein hübsches Mädchen, das liebt er sehr.

POLONIUS *(vor sich.)*

Immer stekt ihm meine Tochter im Kopf.

HAMLET.

Hab' ich nicht recht, alter Jephta?

POLONIUS.

Wenn ich der Jephta bin, den ihr meynt, Gnädiger Herr, so hab ich eine Tochter, die ich sehr liebe.

HAMLET.

Nein, das folgt nicht.

(*) Dieses und was Hamlet dem Polonius antwortet, scheinen Bruchstüke aus alten Balladen zu seyn.

POLONIUS.

Was folgt denn, Gnädiger Herr?

HAMLET.

Was? Zum Exempel,

Da trug sich zu, wie ich sagen thu --

ihr kennt ja das Liedchen? Aber da kommen die ehrlichen Leute, die mir heraushelfen --

Vier oder fünf Schauspieler treten auf.

Willkommen, ihr Herren, willkommen allerseits -- Es freut mich, dich wohl zu sehen -- Willkommen meine guten Freunde -- Ha! Alter Freund! Du hast ja einen hübschen Bart bekommen, seit dem wir uns gesehen haben -- wie, meine hübsche Jungfer, ihr seyd ja um eine Pantoffel-Höhe gewachsen? Ich will hoffen, daß es eurer schönen Stimme nichts geschadet haben werde -- Ihr Herren, ihr seyd alle willkommen; wir wollen nur gleich zur Sache -- eine hübsche Scene, wenn ich bitten darf; kommt, kommt; eine kleine Probe von eurer Kunst, eine Rede, worinn recht viel Affect ist --

1. SCHAUSPIELER.

Was für eine Rede, Gnädiger Herr?

HAMLET.

Ich hörte dich einmal eine declamieren, aber auf die Schaubühne kam sie nicht; wenigstens nicht mehr als einmal; denn das Stük, so viel ich mich erinnere, gefiel dem grossen Hauffen nicht; es war Stör-Rogen (Caviar) für den Pöbel; aber, wie ich und andre, deren Urtheil ich in solchen Sachen traue, es ansahen, war es ein vortreffliches Stük; viel Einfalt und doch viel Kunst in der Anlage des Plans, und die Scenen wol disponiert; nichts affectiertes in der Schreibart; kein Salz, (sagte jemand) in den Worten, um der Mattigkeit der Gedanken nachzuhelfen; keine Redensarten noch Schwünge, worinn man statt der redenden Person den sich selbst gefallenden Autor hört; kurz, ein natürlicher, ungeschminkter Styl, wie der Kenner sagte. Ich erinnre mich sonderheitlich einer Rede, die mir vorzüglich gefiel; es war in einem Dialoge des Aeneas mit der Dido, die Stelle, wo er von Priams Tochter sprach. Wenn ihr's noch im Gedächtniß habt, so fangt bey der Zeile an -- Laßt sehen, laßt sehen -- »Der rauhe Pyrrhus, gleich dem Hyrcanischen Tyger« -- Nein, so heißt es nicht -- es fangt mit dem Pyrrhus an -- »Der rauhe Pyrrhus, dessen Rüstung, schwarz wie sein unmenschliches Herz, jener Nacht glich, da er auf Verderben laurend, im Bauch des fatalen Pferdes verborgen lag, hatte nun die furchtbare Schwärze seiner Waffen mit einer noch gräßlichern Farbe beflekt; nun ist er von Kopf zu Fuß ganz blutroth; entsezlich bespritzt mit Blut von Vätern, Müttern, Söhnen, Töchtern, in die düstre Flamme gehüllt, deren verdammter Schein den Weg schnöder Mörder beleuchtet -- So von Wuth und Hize lechzend, so mit gestoktem Blut überzogen, sucht mit funkelnden Augen der höllische Pyrrhus den alten Anherrn Priam auf.«

POLONIUS.

Bey Gott, Gnädiger Herr, das war gut declamirt; mit einem guten Accent, und mit einer geschikten Action.

1. SCHAUSPIELER.

Er findet ihn, von Griechen umringt, die er aber mit zu kurzgeführten Streichen, zurükzutreiben sucht. Sein altes Schwerd, ungehorsam dem kraftlosen Arm, führt lauter unschädliche Hiebe und bleibt liegen, wohin es fällt -- welch ein Gegner, die Wuth des daherstürzenden Pyrrhus aufzuhalten; der Wütrich hohlt zu einem tödtlichen Streich weit aus; aber von dem blossen Zischen seines blutigen Schwerds fällt der nervenlose Vater zu Boden. Das gefühllose Ilion selbst schien diesen Streich zu fühlen, seine flammenden Thürme stürzten ein, und der entsezliche Ruin macht sogar den Pyrrhus stuzen; denn, seht, sein Schwerd, im Begriff, auf das milchweisse Haupt des ehrwürdigen Priams herab zu fallen, blieb, so schien es, in der Luft steken; Pyrrhus stuhnd, wie ein gemahlter Tyrann, unthätig, dem Unentschloßnen gleich, der zwischen seinem Willen und dem Gegenstand im Gleichgewicht schwebt; aber, so, wie wir oft wenn ein Sturm bevorsteht, ein tiefes Schweigen durch die Himmel wahrnehmen, das Rad der Natur scheint zu stehen, die trozigen Winde schweigen, und unter ihnen liegt der Erdkreis in banger Todes-Stille; auf einmal stürzt der krachende Donner, Verderben auf die Gegend herab: So feurt den unmenschlichen Pyrrhus, nach dieser kleinen Pause, ein plözlicher Sturm von Rachsucht wieder zur blutigen Arbeit an: Gefühlloser fielen nie die Hämmer der Cyclopen auf die glühende Masse herab, woraus sie des Kriegs-Gottes undurchdringliche Waffen schmieden; als nun des Pyrrhus Schwerdt auf den hülflosen Greisen fällt -- Hinaus, hinaus, du Meze, Fortuna! O ihr Götter alle, vereiniget euch, stehet alle zusammen, sie ihrer Gewalt zu berauben: Zerbrechet alle Speichen und Felgen ihres Rades, und rollet die zirkelnde Nabe von dem Hügel des Himmels bis in den Abgrund der Hölle hinab!

POLONIUS.

Das ist zu lang.

HAMLET.

Es soll mit euerm Bart zum Barbier -- Ich bitte dich,

fahre fort; er muß Wortspiele oder schmuzige Mährchen haben, oder er schläft ein -- Weiter fort, zur Hecuba --

1. SCHAUSPIELER.

Aber wer, o wer izt die vermummte Königin gesehn hätte --

HAMLET.

Die vermummte Königin?

POLONIUS.

Das ist gut, vermummte Königin, ist gut.

SCHAUSPIELER.

Wie sie, in Verzweiflung, mit nakten Füssen auf- und nieder rannte, und weinte, daß die Flammen von ihren Thränen hätten verlöschen mögen; ein besudelter Lumpe auf diesem Haupt, wo kürzlich noch das Diadem funkelte; und statt des Königlichen Purpurs ein Bettlaken, das erste was sie im betäubenden Schreken ergriff, um ihre schlappen, von häufigem Gebähren ganz ausgemergelte Lenden hergeworffen; wer das gesehen hätte, würde mit in Gift getauchter Zunge Verwünschungen gegen das Glük ausgestossen haben -- Doch, wenn die Götter selbst sie gesehen hätten, in dem Augenblik sie gesehen hätten, da Pyrrhus, mit unmenschlichem Muthwillen, die Glieder ihres Gemahls vor ihren Augen in kleine Stüke zerhakte, das ausberstende Geschrey, das sie da machte, würde sie, (es wäre dann, daß sie von sterblichen Dingen gar nicht gerührt werden,) würde die brennenden Augen des Himmels in Thränen aufgelößt, und die Götter in Leidenschaft gesezt haben.

POLONIUS.

Seht nur, ob er nicht seine Farbe verändert, und ob er nicht Thränen in den Augen hat? Ich bitte dich, laß es genug seyn.

HAMLET.

Gut, wir wollen den Rest dieser Rede auf ein andermal sparen -- Mein guter Herr, *(zu Polonius)* wollt ihr dafür sorgen, daß diese Schauspieler wohl besorgt werden? Hört ihr's, laßt ihnen nichts abgehen; es sind Leute, die man in Acht nehmen muß; sie sind lebendige Chroniken ihrer Zeit; es wäre euch besser, eine schlechte Grabschrift nach euerm Tod zu haben, als ihre üble Nachrede, weil ihr lebt.

POLONIUS.

Gnädiger Herr, ich will ihnen begegnen, wie sie es verdienen.

HAMLET.

Behüt uns Gott, Mann, weit besser! Wenn ihr einem jeden begegnen wolltet, wie er's verdient, wer würde dem Staup-Besen entgehen? Begegnet ihnen, wie es eurer eignen Ehre und Würde gemäß ist. Je weniger sie verdienen, je mehr Verdienst ist in eurer Gütigkeit. Nehmt sie mit euch hinein.

POLONIUS.

Kommt, ihr Herren.

(Polonius geht ab.)

HAMLET.

Folget ihm, meine guten Freunde: Morgen wollen wir ein Stük hören -- Hörst du mich, alter Freund, kanst du die Ermordung des Gonzago aufführen?

SCHAUSPIELER.

Ja, Gnädigster Herr.

HAMLET.

So wollen wir's Morgen auf die Nacht haben. Ihr könnt doch, im Nothfall eine Rede von einem Duzend oder sechszehn Zeilen studieren, die ich noch aufsezen, und hinein bringen möchte? Könnt ihr nicht?

SCHAUSPIELER.

Ja wohl, Gnädigster Herr.

HAMLET.

Das ist mir lieb. Geht diesem Herrn nach, aber nehmt euch in Acht, daß ihr ihn nicht zum besten habt. *(Zu Rosenkranz und Güldenstern.)* Meine guten Freunde, ich verlasse euch bis diese Nacht; ihr seyd willkommen in Elsinoor.

ROSENKRANZ.

Wir empfehlen uns zu Gnaden --

(Sie gehen ab.)

*

ACHTE SCENE.

HAMLET *allein.*

Ja, so behüt euch Gott: endlich bin ich allein -- O, was für ein Schurke, für ein nichtswürdiger Sclave bin ich! Ist es nicht was ungeheures, daß dieser Comödiant hier, in einer blossen Fabel, im blossen Traum einer Leidenschaft, soviel Gewalt über seine Seele haben soll, daß durch ihre Würkung sein ganzes Gesicht sich entfärbt, Thränen seine Augen füllen, seine Stimme bricht, jeder Gesichtszug, jedes Gliedmaß, jede Muskel die Heftigkeit der Leidenschaft, die doch bloß in seinem Hirn ist, mit solcher Wahrheit ausdrükt -- und das alles um nichts? Um Hecuba -- Was ist Hecuba für ihn, oder er für Hecuba, daß er um sie weinen soll? Was würd er thun, wenn er die Ursache zur Leidenschaft hätte, die ich habe? Er würde den Schauplaz in Thränen ersäuffen, und mit entsezlichen Reden jedes Ohr durchbohren; die Schuldigen würden von Sinnen kommen, und die Schuldlosen selbst wie Verbrecher erblassen -- und ich, träger schwermüthiger Tropf, härme mich wie ein milzsüchtiger Grillenfänger ab, fühle die Grösse meiner Sache nicht, und kan nichts sagen -- nein, nichts, nichts für einen König, der auf eine so verruchte Art seiner Crone und seines Lebens beraubt worden ist! -- Bin ich vielleicht eine Memme? Wer darf mich einen Schurken nennen, mir ein Loch in den Kopf schlagen, mir den Bart ausrauffen, und ins Gesicht werfen? Wer zwikt mich bey der Nase, oder wirft mir eine Lüge in den Hals, so tief bis in die Lunge hinab? Wer thut mir das? Und doch sollt' ich es leiden -- Denn es kan nicht anders seyn, ich bin ein Daubenherziger Mensch, der keine Galle hat, die ihm seine Unterdrükung bitter mache; wenn es nicht so wäre, hätte ich nicht bereits alle Geyer der Gegend mit dem vorgeworfnen Aas dieses Sclaven gemästet? Der blutige kupplerische Bube! Der gewissenlose, verräthrische, unzüchtige, unbarmherzige Bösewicht! -- Wie, was für eine niederträchtige Geduld hält mich zurük? Ich, der Sohn eines theuren ermordeten Vaters, von Himmel und Hölle zur Rache aufgefodert, ich soll wie eine feige Meze, mein Herz durch Worte erleichtern, wie eine wahre Gassen-Hure in Schimpf-Worte und

Flüche ausbrechen -- und es ist Hirn in diesem Schedel! Fy, der Niederträchtigkeit! Es muß anders werden! -- Ich habe gehört, daß Verbrecher unter einem Schauspiel durch die blosse Kunst des Poeten und des Schauspielers so in die Seele getroffen worden, daß sie auf der Stelle ihre Uebelthaten bekennt haben. Wenn ein Mord gleich keine Zunge hat, so muß doch ehe das lebloseste Ding Sprache bekommen, als daß er unentdekt bleiben sollte. Ich will diese Comödianten etwas der Ermordung meines Vaters ähnliches vor meinem Oheim aufführen lassen. Ich will sein Gesicht dabey beobachten; ich will ihm die Wike bis aufs Fleisch in die Wunde bohren; wenn er nur erblaßt, so weiß ich was ich zu thun habe. Der Geist, den ich gesehen habe, kan der Teufel seyn; denn der Teufel hat die Macht eine gefällige Gestalt anzunehmen; vielleicht mißbraucht er meine Schwermuth und Trübsinnigkeit (Geister, durch die er eine besondere Gewalt hat) mich zu einer verdammlichen That zu verleiten. Ich will einen überzeugendern Grund haben als diese Erscheinung; und im Schauspiel soll die Falle seyn, worinn ich das Gewissen des Königs fangen will.

*

Dritter Aufzug.

ERSTE SCENE.

Der Pallast.

Der König, die Königin, Polonius, Ophelia, Rosenkranz, Güldenstern, und Herren vom Hofe treten auf.

KÖNIG.

Ihr habt also nicht von ihm herausbringen können, was die Ursache ist, warum er in den schönsten Tagen seines Lebens in diese stürmische und Gefahr-drohende Raserey gefallen?

ROSENKRANZ.

Er gesteht, daß er sich in einem ausserordentlichen Gemüths-Zustande fühle; aber was die Ursache davon sey, darüber will er sich schlechterdings nicht herauslassen.

GÜLDENSTERN.

Auch giebt er nirgends keine Gelegenheit, wo man ihn ausholen könnte, und wenn man würklich ganz nahe dabey zu seyn glaubt, ihn zum Geständniß seines wahren Zustands zu bringen, so hat er, seiner vorgeblichen Tollheit ungeachtet, doch List genug, sich immer wieder aus der Schlinge zu ziehen.

KÖNIGIN.

Empfieng er euch freundlich?

ROSENKRANZ.

Mit vieler Höflichkeit.

GÜLDENSTERN.

Doch so, daß man die Gewalt die er seinem Humor anthun mußte, sehr deutlich merken konnte.

ROSENKRANZ.

Mit Fragen war er sehr frey, aber überaus zurükhaltend, wenn er auf die unsrigen antworten sollte.

KÖNIGIN.

Schluget ihr ihm keinen Zeitvertreib vor?

ROSENKRANZ.

Gnädigste Frau, es begegnete von ungefehr, daß wir unterwegs auf eine Schauspieler-Gesellschaft stiessen; von dieser sagten wir ihm, und es schien, als ob er eine Art von Freude darüber hätte: Sie befinden sich würklich bey Hofe, und (wie ich glaube,) haben sie bereits Befehl, diese Nacht vor ihm zu spielen.

POLONIUS.

Es ist nichts gewissers, und er ersucht Eure Majestäten, Zuschauer dabey abzugeben.

KÖNIG.

Von Herzen gern, es erfreut mich ungemein, zu hören, daß er so gut disponiert ist. Erhaltet ihn bey dieser Laune, meine guten Freunde, und seyd darauf bedacht, daß er immer mehr Geschmak an dergleichen Zeitvertreib finde.

ROSENKRANZ.

Wir wollen nichts ermangeln lassen, Gnädigster Herr.

(Sie gehen ab.)

KÖNIG.

Liebste Gertrude, verlaßt ihr uns auch; wir haben heimliche Anstalten gemacht, daß Hamlet hieher komme, damit er Ophelien, als ob es von ungefehr geschähe, hier antreffe. Ihr Vater und ich wollen einen solchen Plaz nehmen, daß wir, ungesehn, Zeugen von allem was zwischen ihnen vorgehen wird, seyn, und also durch uns selbst urtheilen können, ob die Liebe die Ursache seines Trübsinns ist oder nicht.

KÖNIGIN.

Ich gehorche euch; und an meinem Theil, Ophelia, wünsch' ich, daß eure Reizungen die glükliche Ursach von Hamlets Zustande seyn mögen: Denn das würde mir Hoffnung machen, daß eure Tugend ihn, zu euer beyder Ehre, wieder auf den rechten Weg bringen würde.

OPHELIA.

Gnädigste Frau, ich wünsch' es so.

(Die Königin geht ab.)

POLONIUS.

Ophelia, geht ihr hier auf und ab -- Gnädigster Herr, wenn es beliebig ist, wollen wir uns hier verbergen -- *(Zu Ophelia.)* Thut, als ob ihr in diesem Buche leset; damit das Ansehn einer geistlichen Uebung eure Einsamkeit beschönige. Es begegnet nur gar zu oft, daß wir mit der andächtigsten Mine und der frömmesten Gebehrde an dem Teufel selbst saugen.

KÖNIG *(vor sich.)*

Das ist nur gar zu wahr. Was für einen scharfen Geissel-Streich giebt diese Rede meinem Gewissen! Die Wangen einer Hure durch Kunst mit betrügerischen

Rosen bemahlt, sind nicht häßlicher unter ihrer Schminke, als meine That unter der schönen Larve meiner Worte -- O schwere Bürde!

POLONIUS.

Ich hör' ihn kommen; wir wollen uns entfernen, Gnädigster Herr.

(Alle, bis auf Ophelia gehen ab.)

*

ZWEYTE SCENE.

Hamlet tritt auf, mit sich selbst redend.

HAMLET.

Seyn oder nicht seyn -- Das ist die Frage -- Ob es einem edeln Geist anständiger ist, sich den Beleidigungen des Glüks geduldig zu unterwerfen, oder seinen Anfällen entgegen zu stehen, und durch einen herzhaften Streich sie auf einmal zu endigen? Was ist sterben? -- Schlafen -- das ist alles -- und durch einen guten Schlaf sich auf immer vom Kopfweh und allen andern Plagen, wovon unser Fleisch Erbe ist, zu erledigen, ist ja eine Glükseligkeit, die man einem andächtiglich zubeten sollte -- Sterben -- Schlafen -- Doch vielleicht ist es was mehr -- wie wenn es träumen wäre? -- Da stekt der Haken -- Was nach dem irdischen Getümmel in diesem langen Schlaf des Todes für Träume folgen können, das ist es, was uns stuzen machen muß. Wenn das nicht wäre, wer würde die Mißhandlungen und Staupen-Schläge der Zeit, die Gewalttätigkeiten des Unterdrükers, die verächtlichen Kränkungen des Stolzen, die Quaal verschmähter Liebe, die Schicanen der Justiz, den Uebermuth der Grossen, ertragen, oder welcher Mann von Verdienst würde sich von einem Elenden, dessen Geburt oder Glük seinen ganzen Werth ausmacht, mit Füssen stossen lassen, wenn ihm frey stühnde, mit einem armen kleinen Federmesser sich Ruhe zu verschaffen? Welcher Taglöhner würde unter Aechzen und Schwizen ein mühseliges Leben fortschleppen wollen? -- Wenn die Furcht vor etwas nach dem Tode -- wenn dieses unbekannte Land, aus dem noch kein Reisender zurük gekommen ist, unsern Willen nicht betäubte, und uns riehte, lieber die Uebel zu leiden, die wir kennen, als uns freywillig in andre zu stürzen, die uns desto furchtbarer scheinen, weil sie uns unbekannt sind. Und so macht das Gewissen uns alle zu Memmen; so entnervet ein blosser Gedanke die Stärke des natürlichen Abscheues vor Schmerz und Elend, und die grössesten Thaten, die wichtigsten Entwürfe werden durch diese einzige Betrachtung in ihrem Lauf gehemmt, und von der Ausführung zurükgeschrekt -- Aber sachte! -- wie? Die schöne Ophelia? -- Nymphe, erinnre dich aller meiner Sünden in deinem Gebete.

OPHELIA.

Mein Gnädiger Prinz, wie habt ihr euch diese vielen Tage über befunden?

HAMLET.

Ich danke euch demüthigst; wohl --

OPHELIA.

Gnädiger Herr, ich habe verschiedne Sachen zum Andenken von euch, die ich euch gerne zurükgegeben hätte; ich bitte euer Gnaden, sie bey dieser Gelegenheit zurük zu nehmen.

HAMLET.

Ich? ich wißte nicht, daß ich euch jemals was gegeben hätte.

OPHELIA.

Ihr wißt es gar wohl, Gnädiger Herr, und daß ihr eure Geschenke mit Worten, von so süssem Athem zusammengesezt, begleitet habt, daß sie dadurch einen noch grössern Werth erhielten. Da sich dieser Parfüm verlohren hat, so nehmt sie wieder zurük. Geschenke verliehren für ein edles Gemüth ihren Werth, wenn das Herz des Gebers geändert ist.

HAMLET.

Ha, ha! Seyd ihr tugendhaft?

OPHELIA.

Gnädiger Herr --

HAMLET.

Seyd ihr schön?

OPHELIA.

Was sollen diese Fragen bedeuten?

HAMLET.

Das will ich euch sagen. Wenn ihr tugendhaft und schön seyd, so soll eure Tugend nicht zugeben, daß man eurer Schönheit Schmeicheleyen vorschwaze.

OPHELIA.

Machen Schönheit und Tugend nicht eine gute Gesellschaft mit einander aus, Gnädiger Herr?

HAMLET.

Nicht die beste; denn es wird allemal der Schönheit

leichter seyn, die Tugend in eine Kupplerin zu verwandeln, als der Tugend, die Schönheit sich ähnlich zu machen. Das war ehmals ein paradoxer Saz, aber in unsern Tagen ist seine Wahrheit unstreitig - - Es war eine Zeit, da ich euch liebte.

OPHELIA.

In der That; Gnädiger Herr, ihr machtet mich's glauben.

HAMLET.

Ihr hättet mir nicht glauben sollen. Denn Tugend kan sich unserm alten Stamme nie so gut einpfropfen, daß wir nicht noch immer einen Geschmak von ihm behalten sollten. Ich liebte euch nicht.

OPHELIA.

Desto schlimmer, daß ich so betrogen wurde.

HAMLET.

Geh in ein Nonnenkloster. Warum wolltest du eine Mutter von Sündern werden? Ich bin selbst keiner von den Schlimmsten; und doch könnt' ich mich solcher Dinge anklagen, daß es besser wäre, meine Mutter hätte mich nicht zur Welt gebracht. Ich bin sehr stolz, rachgierig, ehrsüchtig, zu mehr Sünden aufgelegt, als ich Gedanken habe sie zu namsen, Einbildungs-Kraft sie auszubilden, und Zeit sie zu vollbringen. Wozu sollen solche Bursche, wie ich bin, zwischen Himmel und Erde herumkriechen? Wir sind alle ausgemachte Taugenichts; traue keinem von uns - - Geh in ein Nonnen-Kloster - - Wo ist euer Vater?

OPHELIA.

Zu Hause, Gnädiger Herr.

HAMLET.

Laß die Thür hinter ihm zuschliessen, damit er den Narren nirgends als in seinem eignen Hause spielen könne -- Adieu.

OPHELIA.

O hilf ihm, Gütiger Himmel!

HAMLET.

Wenn du einen Mann nimmst, so will ich dir diesen Fluch zur Mitgift geben -- Sey so keusch wie Eis, so rein wie Schnee, du wirst doch der Verläumdung nicht entgehen -- Geh in ein Nonnen-Kloster -- Adieu -- Oder wenn du es ja nicht vermeiden kanst, so nimm einen Narren; denn gescheidte Leute wissen gar zu wohl, was für Ungeheuer ihr aus ihnen macht. -- In ein Nonnen-Kloster, sag ich -- und das nur bald: Adieu.

OPHELIA.

Ihr himmlischen Mächte, stellet ihn wieder her!

HAMLET.

Ich habe auch von eurer Mahler-Kunst gehört; eine feine Kunst! Gott hat euch ein Gesicht gegeben, und ihr macht euch ein anders. Ihr verhunzt unserm Herrn Gott sein Geschöpf durch eure tändelhafte Manieren, durch eure Ziererey, euer affektiertes Stottern, euern tanzenden Gang, eure kindische Launen; und seyd unwissend genug euch auf diese Armseligkeiten noch wer weiß wie viel einzubilden. Geh, geh, ich will nichts mehr davon, es hat mich toll gemacht. Ich meyne, keine Heyrathen mehr! Diejenigen die nun einmal verheyrathet sind, alle bis an einen, mögen leben; die übrigen sollen bleiben wie sie sind. In ein Nonnen-Kloster, geh.

(Hamlet geht ab.)

OPHELIA.

O was für ein edles Gemüth ist hier zu Grunde gerichtet! Das Aug eines Hofmanns, die Zunge eines Gelehrten, der Degen eines Helden! Die Erwartung, die blühende Hoffnung des Staats! Der Spiegel, worinn sich jeder besah, der gefallen wollte; das Modell von allem was groß, schön und liebenswürdig ist, gänzlich, gänzlich zernichtet! Ich unglükselige! Die einst den Honig seiner Schmeicheleyen, die Musik seiner Gelübde so begierig in mich sog; und izt sehen muß, wie der schönste Geist, gleich einem verstimmten Glokenspiel, lauter falsche, mißklingende Töne von sich giebt, und diese unvergleichliche Tugend-Blühte in finstrer Schwermuth hinwelkt! O! wehe mir! daß ich leben mußte, um zu sehen, was ich gesehen habe.

*

DRITTE SCENE.

Der König und Polonius treten auf.

KÖNIG.

Liebe, sagt ihr? Nein, sein Gemüth ist von ganz andern Dingen eingenommen, und was er sagte, ob es gleich ein wenig seltsam klang, war auch nicht Wahnwiz. Es liegt ihm etwas im Gemüth, worüber seine Melancholie brütend sizt, und ich besorge es möchte gefährlich seyn, es zeitig werden zu lassen. Es ist mir in der Geschwindigkeit ein Mittel beygefallen, wie diesem Uebel vorgebogen werden kan. Ich will ihn ohne Aufschub nach England schiken, um den Tribut zu fodern, der uns zurükgehalten wird: Vielleicht, daß die See-Luft, ein anders Land und andre Gegenstände, diese böse Materie zerstreuen mögen, die sich in seinem Herzen gesezt, und sein Gehirn mit schwarzen Vorstellungen angefüllt hat, denen er nachhängt, und darüber in diesen seltsamen Humor verfallen ist. Was denkt ihr davon?

POLONIUS.

Es wird eine gute Wirkung thun. Und doch glaub ich noch immer, daß verachtete Liebe die erste Quelle und Ursach dieser Schwermuth gewesen -- Wie steht's, Ophelia? Ihr habt nicht nöthig uns zu erzählen, was Prinz Hamlet sagte; wir haben alles gehört -- *(Ophelia geht ab.)* Gnädigster Herr, handelt nach euerm Gefallen; wenn es euch aber nicht entgegen ist, so laßt die Königin seine Frau Mutter nach der Comödie in einer geheimen Unterredung einen Versuch machen, die Ursache seines Grams von ihm zu erfahren; laßt sie mit der Sprache gerad gegen ihn herausgehen; und ich will mich, wenn ihr's für gut anseht, an einen Ort stellen, wo ich alles was sie mit einander reden, hören kan. Will er sich nicht erklären, so schikt ihn nach England, oder verwahrt ihn sonst irgendwo; was eure Klugheit das rathsamste finden wird.

KÖNIG.

Wir wollen es so machen -- Wahnwiz ist an den Grossen allemal was verdächtiges das man nicht unbewacht lassen soll.

(Sie gehen ab.)

Hamlet mit zween oder dreyen Schauspielern tritt auf.

HAMLET.

Sprecht eure Rede, ich bitte euch, so wie ich sie euch vorgesagt habe, mit dem natürlichen Ton und Accent, wie man im gemeinen Leben spricht. Denn wenn ihr das Maul so voll nehmen wolltet, wie manche von unsern Schauspielern zu thun pflegen, so wäre mir eben so lieb, wenn der Ausruffer meine Verse hersagte. Und sägt auch die Luft nicht so mit eurer Hand, sondern macht es manierlich; denn selbst in dem heftigsten Strom, Sturm und Wirbelwind einer Leidenschaft müßt ihr eure Bewegungen so gut in eurer Gewalt haben, daß sie etwas edels und anständiges behalten. O, es ist mir in der Seele zuwider, wenn ich einen breitschultrichten Lümmel in einer grossen Perüke vor mir sehe, der eine Leidenschaft zu Fezen zerreißt, und um pathetisch zu seyn, sich nicht anderst gebehrdet, als wie ein toller Mensch; aber gemeiniglich sind solche Gesellen auch nichts anders fähig als Lerm und seltsame unnatürliche Gesticulationen zu machen. Ich könnte einen solchen Burschen prügeln lassen, wenn er die Rolle eines Helden kriegt, und einen Dragoner in der Schenke daraus macht; Herodes selbst ist nur ein Kind dagegen. Ich bitte euch, nehmt euch davor in Acht.

SCHAUSPIELER.

Dafür stehe ich Euer Gnaden.

HAMLET.

Indessen müßt ihr auch nicht gar zu zahm seyn; in diesem Stüke muß eure Beurtheilungs-Kraft euer Lehrmeister seyn. Laßt die Action zu den Worten, und die Worte zur Action passen, mit der einzigen Vorsicht, daß ihr nie über die Grenzen des Natürlichen hinausgehet - - Denn alles Uebertriebne ist gegen den Endzwek der Schauspieler-Kunst, der zu allen Zeiten, von Anfang und izt, nichts anders war und ist, als der Natur gleichsam einen Spiegel vorzuhalten, der Tugend ihre eigne wahre Gestalt und Proportion zu zeigen, und die Sitten der Zeit, bis auf ihre kleinsten Züge und Schattierungen nach dem Leben gemahlt darzustellen. Wird hierinn etwas übertrieben, oder auch zu matt und unter dem wahren Leben gemacht, so kan es zwar die Unverständigen zum Lachen reizen; aber Vernünftigen wird es desto anstössiger seyn; und das Urtheil von diesen soll in euern Augen allemal ein ganzes Theater voll von jenen überwiegen. Ich kenne Schauspieler, und sie wurden von gewissen Leuten gelobt (so sehr man loben kan,) die ihre Rollen so abscheulich heulten, sich so ungebehrdig dazu spreißten, daß ich dachte, irgend einer von der Natur ihren Tagwerks-Jungen habe Menschen machen wollen, und sie seyen ihm nicht gerathen; so abscheulich-grotesk ahmten sie die menschliche Natur nach.

SCHAUPSIELER.

Ich hoffe, wir haben diesen Unform so ziemlich bey uns abgeschaft.

HAMLET.

O, schaft ihn durchaus ab. Und denen, die eure lustigen Bauren machen sollen, schärfet ein, daß sie nicht mehr sagen sollen, als in ihrer Rolle steht; denn es giebt einige unter ihnen, die sich selbst einen Spaß damit machen wollen, daß sie eine Anzahl alberner Zuschauer zum Lachen bringen können, wenn gleich in dem nemlichen Augenblik die Aufmerksamkeit auf eine wichtige Stelle des Stüks geheftet seyn sollte: Das ist was infames, und zeigt eine erbärmliche Art von Ambition an dem Narren, der es so macht. Geht, macht euch fertig.

(Die Schauspieler gehen ab.)

*

VIERTE SCENE.

Polonius, Rosenkranz und Güldenstern treten auf.

HAMLET.

Wie ists, mein Herr? Will der König dieses Stük hören?

POLONIUS.

Und die Königin dazu, und das sogleich.

HAMLET.

So seht, daß die Schauspieler hurtig machen. *(Polonius geht ab.)* Wollt ihr beyde nicht auch gehen, und ihnen helfen, daß sie fertig werden?

BEYDE.

Wir wollen, Gnädiger Herr.

(Sie gehen ab.)

HAMLET.

He, holla, Horatio --

Horatio zu Hamlet.

HORATIO.

Hier, liebster Prinz, was habt ihr zu befehlen?

HAMLET.

Horatio, du bist durchaus so ein ehrlicher Mann, als ich jemals in meinem Leben einen gefunden habe.

HORATIO.

O, mein Gnädigster Herr --

HAMLET.

Nein, bilde dir nicht ein, ich schmeichle; denn was für Interesse könnt' ich von dir hoffen, dessen ganzer Reichthum darinn besteht, daß du Verstand genug hast, dir Nahrung und Kleider zu verschaffen? Die Zunge der Schmeicheley lekt nur um die Füsse der Grossen, und beugt ihre kupplerische Kniee nur, wo sie Belohnung hofft. Hörst du? Seitdem meine Seele fähig ist zu wählen, und Menschen von Menschen zu unterscheiden, hat sie dich aus allen für sich selbst auserkohren. Denn ich habe dich als einen Mann kennen gelernt, der gutes und böses Glük mit gleicher Mässigung annahm, und wenn alle Widerwärtigkeiten sich gegen ihn vereinigten, so gutes Muthes war, als ob er nichts zu leiden hätte. Und glüklich sind diejenigen, deren Blut und Gemüths-Art so wol gemischt ist, daß sie keine Pfeiffe für Fortunens Finger sind, und tönen müssen, wie sie greift. Zeigt mir den Mann, der kein Sclave der Leidenschaft ist, ich will ihn im Kern meines Herzens tragen; ja, in meines Herzens Herzen, wie ich dich trage -- Genug, und ein wenig mehr als genug hievon! -- Es soll diese Nacht ein Schauspiel vor dem König aufgeführt werden, worinn eine Scene demjenigen sehr nahe kommt, was ich dir von den besondern Umständen von meines Vaters Tod erzählt habe. Ich bitte dich, wenn diese Scene kommt, so beobachte meinen Oheim mit dem äussersten Grade der Aufmerksamkeit, der deiner Seele möglich ist. Wenn bey einer gewissen Rede seine geheime Schuld sich nicht selbst verräth, so ist der Geist den wir gesehen haben, aus der Hölle, und meine Einbildungen auf des Teufels Ambose geschmiedet. Verwende kein Auge von ihm, ich will es auch so machen, und hernach wollen wir unsre Beobachtungen zusammentragen, und ein Urtheil über sein Bezeugen festsezen.

HORATIO.

Gut, Gnädiger Herr. Wenn er was stiehlt, während

daß die Comödie gespielt wird, und der Entdekung entgeht, will ich den Diebstahl bezahlen.

*

FÜNFTE SCENE.

Der König, die Königin, Polonius, Ophelia, Rosenkranz, Güldenstern, und andere Herren von Hofe, mit Bedienten, welche Fakeln vortragen. Ein dänischer Marsch, mit Trompeten.

HAMLET.

Da kommen sie zur Comödie -- ich muß hier den Geken machen -- *(zu Horatio.)* Sieh dich um einen Plaz um.

KÖNIG.

Wie steht's um unsern Neffen Hamlet?

HAMLET.

Unvergleichlich, in der That, nach Cameleons Art; ich esse Luft, mit Versprechungen gefüllt; eure Capunen werden nicht fett dabey werden.

KÖNIG.

Ich weiß nichts mit dieser Antwort zu machen, Hamlet --

HAMLET.

Ich auch nicht -- *(zu Polonius.)* Nun, mein Herr; ihr spieltet ja ehmals auch Comödien auf der Universität, sagtet ihr?

POLONIUS.

Das that ich, Gnädiger Herr, und man hielt mich für einen guten Schauspieler.

HAMLET.

Und was machtet ihr für Rollen?

POLONIUS.

Ich machte den Julius Cäsar, ich wurde im Capitol umgebracht; Brutus brachte mich um.

HAMLET.

Das war brutal von ihm gehandelt, ein solches Capital-Kalb da umzubringen -- Sind die Comödianten fertig?

ROSENKRANZ.

Ja, Gnädiger Herr, sie warten auf euern Befehl.

KÖNIGIN.

Komm hieher, mein liebster Hamlet; seze dich zu mir.

HAMLET.

Um Vergebung, Frau Mutter, hier ist ein Magnet der stärker zieht.

POLONIUS *(zur Königin.)*

O, ho, habt ihr das bemerkt?

HAMLET.

Fräulein, wollt ihr mich in euerm Schooß ligen lassen?

(Er sezt sich zu ihren Füssen auf den Boden hin.)

OPHELIA.

Nein, Gnädiger Herr.

HAMLET.

Ich meyne, meinen Kopf auf euerm Schooß?

OPHELIA.

Ja, Gnädiger Herr.

HAMLET.

Denkt ihr, ich habe was anders gemeynt?

OPHELIA.

Ich denke nichts, Gnädiger Herr.

HAMLET *(etwas leise.)*

Das ist ein hübscher Gedanke, zwischen eines Mädchens Beinen zu ligen --

OPHELIA.

Was ist's, Gnädiger Herr?

HAMLET.

Nichts.

OPHELIA.

Ihr seyd aufgeräumt, Gnädiger Herr?

HAMLET.

Wer, ich?

OPHELIA.

Ja.

HAMLET.

O Gott! ein Spaßmacher, wie ihr keinen mehr sehen werdet. Was sollte einer thun, als aufgeräumt seyn? Denn, seht ihr, was meine Mutter für ein vergnügtes Gesicht macht, und es ist doch kaum zwo Stunden, daß mein Vater todt ist.

OPHELIA.

Um Vergebung, es sind zweymal zween Monate, Gnädiger Herr.

HAMLET.

Schon so lange? O, wenn das ist, so mag der Teufel schwarz gehen, ich will meinen Hermelin-Pelz wieder umwerfen. O Himmel! schon zween Monat todt, und noch nicht vergessen! So kan man doch hoffen, daß eines grossen Mannes Andenken sein Leben ein halbes Jahr überleben werde: Aber, bey unsrer Frauen! in diesem Fall muß einer wenigstens eine Kirche gebaut haben; sonst mag er leiden, daß man nicht mehr an ihn denkt, wie das Steken-Pferd; dessen Grabschrift ist:

Au weh! das ist beklagens werth,
Man denkt nicht mehr ans Steken-Pferd. (*)

*

SECHSTE SCENE.

Musik von Hautbois. Die Pantomime tritt auf.

Ein Herzog und eine Herzogin mit Cronen auf den Häuptern, treten sehr liebreich mit einander auf; die Herzogin umarmt ihn, und er sie; sie kniet nieder, er hebt sie auf, und neigt seinen Kopf auf ihren Hals; er legt sich auf einen Blumenbank hin; sie sieht daß er eingeschlafen ist, und verläßt ihn. Darauf kommt ein Kerl hervor, nimmt seine Crone weg, küßt sie, schüttet dem Herzog Gift ins Ohr, und geht ab. Die Herzogin kommt zurük, und da sie den Herzog todt findet, gebehrdet sie sich gar kläglich. Der Vergifter kommt mit zween oder drey Stummen wieder, und stellt sich, als ob er mit ihr jammere. Der Leichnam wird weggetragen. Der Vergifter buhlt hierauf um die Herzogin, und bietet ihr Geschenke an; sie scheint eine Zeit lang unwillig, und unschlüssig; doch zulezt nimmt sie seine Liebe an.

(Die Pantomime geht ab.)

(*) Ein satyrischer Stich auf die damaligen Puritaner, welche man in den Gassen-Liedern, die über sie gemacht und gesungen wurden, ihren bekannten scheinheiligen Eifer gegen alle Spiele bis gegen das Steken-Pferd treiben ließ, auf welchem doch sie, und ihres gleichen, bis auf den heutigen Tag, so weydlich herumtraben.

OPHELIA.

Was soll das bedeuten?

HAMLET.

Poz Stern, Fräulein, es bedeutet Unheil.

OPHELIA.

Vermuthlich wird es den Inhalt des Stüks vorstellen sollen?

Der Vorredner tritt auf.

HAMLET.

Das werden wir von diesem Burschen hören: Die Comödianten können nichts Geheimes bey sich behalten; sie werden alles sagen.

OPHELIA.

Wird er uns sagen, was das stumme Schauspiel bedeutet?

HAMLET.

Ja, oder irgend ein Schauspiel das ihr ihm zu schauen gebt. Schämt euch nicht, es ihn sehen zu lassen, so wird er sich nicht schämen, euch zu sagen was es bedeutet.

OPHELIA.

Ihr seyd unartig, sehr unartig; ich will auf die Comödie Acht geben.

VORREDNER.

Der Prologus tritt hier hervor
Und bittet eure Huld
Um ein nicht allzu-critisch Ohr
Und ziemlich viel Geduld.

(Sie gehen ab.)

HAMLET.

Ist das ein Prologus, oder Poesie auf einen Ring?

OPHELIA.

Es war ziemlich kurz.

HAMLET.

Wie Weiber-Treue.

Der Herzog und die Herzogin des Schauspiels treten auf.

HERZOG.

(*) Dreissig male schon hat Phöbus seinen glänzenden Lauf durch den Himmel vollbracht, und zwölfmal dreissigmal der Mond seinen Silber-Wagen um den Erdkreis getrieben, seit Amor unsre Herzen und Hymen unsre Hände durch das Band geheiligter Liebe vereinigt hat.

HERZOGIN.

Und eben so viele Reisen möge Sonne und Mond uns noch zählen lassen, eh das unerbittliche Geschik dieses theure Band zertrennen dürfe. Aber ach! weh mir! ihr befindet euch Zeit her so übel, und eure Gesundheit hat einen so starken Abfall erlidten, daß ich nicht anders als zittern kan: Doch lasset euch meine zärtliche Besorgnisse nicht erschreken, liebster Gemahl: Weiber fürchten allezeit wie sie lieben, in beydem mit Uebermaaß. Wie weit meine Liebe geht, hat euch die Erfahrung gelehrt; und so wie meine Liebe, ist meine Furcht. Wo die Liebe groß ist, werden die kleinsten Zweifel zu ängstlichen Besorgnissen --

(*) Dieses ganze kleine Schauspiel ist im Original in Reimen von unübersezlicher Schlechtigkeit abgefaßt.

HERZOG.

Deine Besorgnisse täuschen dich nicht, meine Liebe; ich werde dich verlassen müssen, und das bald: Ich fühle es, daß meine Lebens-Kräfte ihren Verrichtungen nicht mehr gewachsen sind; ich werde dich verlassen, und den Trost haben dich in dieser schönen Welt geehrt und geliebt zurük zu lassen; und vielleicht wirst du bald in den Armen eines eben so zärtlichen Ehegatten --

HERZOGIN.

-- O haltet ein, liebster Gemahl, vollendet den entsezlichen Gedanken nicht! Diese auf ewig eurer Liebe geheiligte Brust, ist keiner Verrätherey fähig. Der Fluch falle auf den Tag, der mich in die Arme eines andern Mannes legen wird! Nur diejenige heyrathet den zweyten Mann, die den ersten ermordet hat --

HAMLET.

Wurmsaamen, Wurmsaamen!

HERZOGIN.

Die Betrachtungen, wodurch man sich zur zweyten Ehe bewegen läßt, sind niederträchtiges Interesse, niemals Liebe. Mir würde es seyn, ich stösse allemal den Dolch in meines ersten Mannes Herz, so oft mich der zweyte küßte.

HERZOG.

Ich zweifle nicht, daß alles was ihr izt sagt, euer wahrer Ernst ist: Aber wie oft brechen wir was wir uns selbst versprochen haben! Unsre Vorsäze sind den zu frühzeitigen Früchten gleich, die zwar eine Zeit lang fest am Baume steken, aber zulezt faulen, und dann ungeschüttelt fallen. Wir vergessen nichts leichter zu bezahlen, als was wir uns selbst schuldig sind; und es ist natürlich, daß Vorsäze, die wir aus Leidenschaft fassen, zugleich mit ihrer Ursache aufhören. Uebermaaß in Vergnügen und Schmerz reibt sich allezeit selber auf; und es ist billig, daß in einer Welt, die nicht für immer gemacht ist, Schmerz und Lust ihr Ziel haben. Es ist gar nichts befremdliches darinn, wenn unsre Liebe mit unsern Umständen sich ändert, und es ist noch immer eine unausgemachte Frage, ob die Liebe das Glük, oder das Glük die Liebe leite. Ihr seht, wenn ein Grosser fällt, so fliehen seine Günstlinge, und der Arme, der emporkommt, macht seine Feinde zu Freunden; wie hingegen derjenige, der in der Noth einen hohlen Freund auf die Probe sezen will, sich geradezu einen Feind macht. Um also zum Schluß dessen was ich angefangen habe zu kommen, so däucht mich, unsre Wünsche und unsre Umstände durchkreuzen einander so oft, daß unsre Vorsäze selten in unsrer Gewalt bleiben; unsre Gedanken sind unser, aber nicht ihre Ausführung. Denke also immer, meine Liebe, daß du keinen zweyten Gemahl nehmen wollest, aber laß diese Gedanken sterben, sobald dein erster Mann gestorben ist.

HERZOGIN.

O! dann gebe mir weder die Erde Nahrung, noch der Himmel Licht! Dann komme bey Tag und bey Nacht weder Freude in mein Herz noch Ruhe auf meine Auglieder! Elender sey mein Leben als das Leben des büssenden Einsiedlers, ein fortdaurender Tod; jeder meiner Wünsche begegne dem was ihm am meisten entgegen ist, und ewige Qual verfolge mich hier und dort, wenn ich aus einer Wittwe, jemals wieder eine Vermählte werde.

HAMLET.

Wenn sie diese Schwüre bricht --

HERZOG.

Das sind grosse Schwüre! Meine Geliebteste, verlaß mich izt eine Weile; meine Geister werden matt; ich will versuchen, ob ich schlafen kan --

(Er entschläft.)

HERZOGIN.

Ruhe sanft, und niemals, niemals komme Unglük zwischen uns beyde!

(Sie geht ab.)

HAMLET *(zur Königin.)*

Gnädige Frau, wie gefällt euch dieses Stük?

KÖNIGIN.

Mich däucht, die Dame verspricht zu viel.

HAMLET.

O, wir werden sehen, wie sie ihr Wort halten wird.

KÖNIG.

Kennt ihr den Inhalt des Stüks? Ist nichts anstössiges darinn?

HAMLET.

Nein, gar nichts; es ist alles nur Spaß; sie vergiften nicht im Ernst; auf der Welt nichts anstössiges.

KÖNIG.

Wie nennt sich das Stük?

HAMLET.

Die *Maus-Falle*; -- In der That, in einem figürlichen Verstande, vermuthlich -- Das Stük ist die Vorstellung eines Mords der in Wien begegnet ist; Gonzago ist des Herzogs Name, seine Gemahlin heißt Baptista; ihr werdet gleich sehen, daß es ein schelmisches Stük Arbeit ist; aber was thut das uns? Eure Majestät und andre, die ein gutes Gewissen haben, geht es nichts an; der mag sich krazen, den es jukt; wir haben eine glatte Haut.

Lucianus tritt auf.

Das ist einer, Namens Lucianus, ein Neffe des Herzogs.

OPHELIA.

Man kan den Chor mit euch ersparen, Gnädiger Herr.

HAMLET.

-- (*) Nun, fang einmal an, Mörder. Hör auf, deine verteufelte Gesichter zu schneiden, und fang an. Komm, der krächzende Rabe schreyt um Rache.

LUCIANUS.

Schwarze Gedanken; willige Hände; schnellwürkendes Gift, und gelegne Zeit -- Alles stimmt zusammen, und kein Mensch ist da, der mich sehen könnte. Ergiesse, du fatale Mixtur, aus mitternächtlichen Kräutern gezogen, und dreyfach mit Hecates Zauber-Fluch geschwängert, ergiesse deine verderbliche Natur und magische Eigenschaft, und mach' einem mir verhaßten Leben ein plözliches Ende!

(Er gießt dem schlaffenden Herzog das Gift in die Ohren.)

HAMLET *(zum Könige.)*

Er vergiftet ihn in seinem Garten, um Herr von seinem Vermögen zu werden; sein Nam' ist Gonzago; die

(*) Hier hat man zwey Scherz-Reden Hamlets weglassen müssen, wovon die erste dem Uebersezer unverständlich, und die andre eine zweydeutige Zote ist.

Historie davon ist im Druk, sie ist im besten Toscanischen geschrieben. Sogleich werdet ihr sehen, wie der Mörder auch die Liebe von Gonzago's Gemahlin gewinnt --

OPHELIA.

Der König steht auf.

HAMLET.

Wie, von einem blinden Lermen erschrekt?

KÖNIGIN.

Was fehlt meinem Gemahl?

POLONIUS.

Hört auf zu spielen!

KÖNIG.

Gebt mir Licht. Weg! weg!

ALLE.

Lichter, Lichter, Lichter!

(Sie gehen in Verwirrung ab.)

*

SIEBENDE SCENE.

Hamlet und Horatio bleiben.

HAMLET.

Laßt weinen den verwundten Hirsch,
Der unverlezte scherzt:
Denn billig wacht die Missethat
Indem die Unschuld schläft.

Würde das, Herr, (wenn alles andre fehlschlüge) und ein Wald von Federn auf dem Hut, und ein paar ungeheure Rosen auf meinen gestreiften Schuhen, mir nicht einen Plaz unter einen Kuppel von Comödianten verschaffen?

HORATIO.

Ich mache mit, wenn's dazu kommt.

HAMLET.

O mein guter Horatio, ich wollte des Geists Wort für zehntausend Thaler annehmen. Hast du's gesehen?

HORATIO.

Nur gar zu wohl, Gnädiger Herr.

HAMLET.

Wie die Rede vom Vergiften war?

HORATIO.

Ich hab' es sehr wol beobachtet.

Rosenkranz und Güldenstern treten auf.

HAMLET.

He! holla! kommt, spielt uns eins auf: Kommt, wo sind die Flöten? Wenn die Comödie dem König nicht gefällt, nun, so gefällt sie ihm eben nicht, und er muß wissen warum. Kommt, spielt auf, sag ich.

GÜLDENSTERN.

Mein Gnädiger Prinz, erlaubet mir ein Wort mit euch zu reden --

HAMLET.

Eine ganze Historie, Herr.

GÜLDENSTERN.

Der König, mein Herr --

HAMLET.

So, mein Herr, was giebt's von ihm?

GÜLDENSTERN.

Hat sich in sein Cabinet verschlossen, und befindet sich ausserordentlich übel --

HAMLET.

Vielleicht von zu vielem Wein?

GÜLDENSTERN.

Nein, Gnädiger Herr, von Galle --

HAMLET.

Eure gewöhnliche Weisheit hat euch nicht wohl gerathen, mein Herr, da sie euch zu mir gewiesen hat; zum Doctor hättet ihr gehen sollen; ich kan hier nichts; denn wenn ich ihm auch ein Purgier-Mittel eingeben wollte, so möcht' es ihm leicht noch mehr Galle machen.

GÜLDENSTERN.

Gnädiger Herr, höret mich an, anstatt durch solche seltsame Absprünge meinem Vortrag auszuweichen.

HAMLET.

Ich will stehen bleiben, Herr -- Sprecht!

GÜLDENSTERN.

Die Königin, eure Frau Mutter, schikt mich in grössester Betrübniß ihres Herzens zu euch.

HAMLET.

Ihr seyd willkommen.

GÜLDENSTERN.

Nein, Gnädiger Herr, dieses Compliment ist hier ausser seinem Plaz. Wenn es euch beliebig ist, mir eine gesunde Antwort zu geben, so will ich mich des Auftrags entledigen, den mir eure Mutter aufgegeben hat; wo nicht, so werdet ihr mir verzeihen, wenn ich gehe, und mein Geschäft für geendigt halte.

HAMLET.

Herr, das kan ich nicht --

GÜLDENSTERN.

Was, Gnädiger Herr?

HAMLET.

Euch eine gesunde Antwort geben; mein Wiz ist gar nicht wohl auf. Aber, Herr, so gut als ich eine Antwort geben kan, steht sie euch zu Diensten; oder vielmehr wie ihr sagt, meiner Mutter -- also nur ohne fernern Umschweif zur Sache! -- Meine Mutter, sagt ihr --

ROSENKRANZ.

Nun dann, das sagt sie; euer Betragen hat sie in das äusserste Befremden und Erstaunen gesezt.

HAMLET.

O erstaunlicher Sohn, der seine Mutter so in Erstaunen sezen kan! Aber stolpert nicht etwann eine Folge hinter dieser Erstaunung her?

ROSENKRANZ.

Sie wünscht, eh ihr zu Bette geht, in ihrem Cabinet mit euch zu sprechen.

HAMLET.

Wir werden gehorchen, und wenn sie zehnmal unsre Mutter wäre. Habt ihr noch weiter was mit uns zu handeln?

ROSENKRANZ.

Gnädiger Herr, ihr liebtet mich einst --

HAMLET.

Das thu ich noch --

ROSENKRANZ.

Nun, dann, liebster Prinz, um unsrer alten Freundschaft willen, was ist die Ursache dieses euers seltsamen Humor's? Seyd versichert, ihr sezt eure eigne Freyheit in Gefahr, wenn ihr euch länger weigert, eure Beschwerden einem Freunde zu vertrauen.

HAMLET.

Mein Herr, ich möchte gern Befördrung.

ROSENKRANZ.

Wie kan das seyn, da ihr das Königliche Wort für eure Thronfolge in Dännemark habt?

HAMLET.

Schon gut, aber, *weil das Gras wächßt* -- Das Sprüchwort ist ein wenig schmuzig.

Einer mit einer Flöte tritt auf.

O, die Flöten; laßt mich eine sehen -- Wir gehen mit einander, mein Herr -- Wie, warum geht ihr so um mich herum, mir den Wind abzugewinnen, als ob ihr mich in ein Garn treiben wolltet?

GÜLDENSTERN.

O mein Gnädiger Prinz, wenn mich meine Pflicht zu kühn macht, so zwingt mich meine Liebe so gar unhöflich zu seyn.

HAMLET.

Das versteh' ich nicht allzuwol. Wollt ihr auf dieser Flöte spielen?

GÜLDENSTERN.

Ich kan nicht, Gnädiger Herr.

HAMLET.

Ich bitte euch.

GÜLDENSTERN.

Glaubt mir, auf mein Wort, ich kan nicht.

HAMLET.

Ich bitte recht sehr.

GÜLDENSTERN.

Ich kenne keinen Griff, Gnädiger Herr.

HAMLET.

Es ist eine so leichte Sache als Lügen; regiert die Windlöcher mit euern Fingern und dem Daumen, blaßt mit euerm Mund darein, und es wird die beredteste Musik von der Welt von sich geben. Seht ihr, hier sind die Griff-Löcher.

GÜLDENSTERN.

Aber das ist eben der Fehler, daß ich sie nicht zu greiffen weiß, damit eine Harmonie heraus komme; ich verstehe die Kunst nicht.

HAMLET.

So? seht ihr nun, was für ein armseliges Ding ihr aus mir machen wollt; ihr möchtet gern auf mir spielen; ihr möchtet dafür angesehen seyn, als ob ihr meine Griffe kennet; ihr möchtet mir gern mein Geheimniß aus dem Herzen herausziehen; ihr wollt daß ich euch von der untersten Note an bis zur höchsten angeben soll; das wollt ihr; und es ist so viel Musik, ein so reizender Gesang in diesem kleinen Stüke Holz, und doch könnt ihr sie nicht herausbringen? Wie, bildet ihr euch ein, daß ich leichter zu spielen bin als eine Pfeiffe? Nennt mich welches Instrument ihr wollt, aber wenn ihr schon auf mir herumpfuschen könnt, so könnt ihr doch nicht auf mir spielen -- Grüß euch Gott, mein Herr --

Polonius (zu den Vorigen.)

POLONIUS.

Gnädiger Herr, die Königin möchte gern mit euch sprechen, und das sogleich.

HAMLET.

Seht ihr dort jene Wolke, die beynahe wie ein Camel aussieht?

POLONIUS.

Bey Sct. Veit, in der That, vollkommen wie ein Camel.

HAMLET.

Mich däucht, sie gleicht eher einer Amsel.

POLONIUS.

Sie ist schwarz wie eine Amsel.

HAMLET.

Oder einem Wallfisch?

POLONIUS.

Sie hat viele Aehnlichkeit mit einem Wallfisch, das ist wahr.

HAMLET.

Nun, so will ich gleich zu meiner Mutter kommen -- *(vor sich.)* -- Die Kerls werden mich noch toll machen -- Ich will kommen, augenbliklich.

POLONIUS.

Ich will es so sagen.

HAMLET.

Augenbliklich ist bald gesagt. Laßt mich allein, gute Freunde.

(Sie gehen ab.)

Es ist nun Mitternacht, die Zeit wo Zauberer und Unholden hinter dem Vorhang der Finsterniß ihre abscheulichen Künste treiben; die Zeit, wo Kirchhöfe ihre Todten auslassen, und die Hölle selbst verpestete Seuchen in die Oberwelt aufdünstet. Nun könnt ich heisses Blut trinken, Dinge thun, von deren Anblik der bessere Tag zurükschauern würde. Stille! Nun zu meiner Mutter -- O mein Herz, verliehre deine Natur nicht! Laß nicht, o! nimmermehr! die Seele des Nero in diesen entschlossenen Busen fahren; ich will grausam seyn, nicht unnatürlich; ich will Dolche mit ihr reden, aber keinen gebrauchen. Hierinn sollen meine Zunge und mein Herz nicht zusammen stimmen. So unbarmherzig immer meine Worte mit ihr verfahren werden, so fern sey es doch auf ewig von meiner Seele, sie ins Werk zu sezen.

(Er geht ab.)

*

ACHTE SCENE.

Der König, Rosenkranz und Güldenstern treten auf.

KÖNIG.

Er gefällt mir gar nicht, und es würde auch nicht sicher für uns seyn, diese Tollheit so ungebunden fortschwärmen zu lassen. Macht euch also reisefertig; ich will euch unverzüglich eure Instruction aufsezen, und er soll mit euch nach England. Die Umstände gestatten nicht, uns den Gefahren bloß zu stellen, welche stündlich aus seinen Mondsüchtigen Launen entstehen können.

GÜLDENSTERN.

Wir wollen uns anschiken; es ist eine höchst gerechte und heilige Furcht, für so vieler tausend Personen Sicherheit besorgt zu seyn, die in Eu. Majestät leben.

ROSENKRANZ.

Es ist die Privat-Pflicht eines jeden Menschen, alle Kräfte seines Verstands dazu anzustrengen, sich selbst vor Schaden zu bewahren: Aber vielmehr ist es eine Pflicht deßjenigen Geists, der die Seele des ganzen Staats-Körpers ist, und von dessen Wohl das Leben so vieler andern abhängt. Der Tod eines Königs ist nicht der Tod eines einzigen, sondern zieht, wie ein Strudel alles was ihm nahe kommt, in sich. Er ist wie ein Rad, das von dem Gipfel des höchsten Bergs herunter gewälzt, unter seinen ungeheuren Speichen tausend kleinere Dinge die daran hangen zertrümmert. Ein König seufzt nie allein; wenn er leidet, leiden alle.

KÖNIG.

Rüstet euch, ich bitte euch, aufs eilfertigste zu dieser Reise; wir müssen dieser Gefahr Fesseln anlegen, die bisher so frey herum gegangen ist.

BEYDE.

Wir wollen unser äusserstes thun.

(Sie gehen ab.)

Polonius tritt auf.

POLONIUS.

Gnädigster Herr, er ist im Begriff, in seiner Frau Mutter Cabinet zu gehen; ich will mich hinter die Tapeten versteken, um zu hören, wie sie ihm den Text lesen wird. Denn wie Euer Majestät sagte, (und es war weislich gesagt) es ist nicht überflüssig, daß noch jemand andrer als eine Mutter, (die das mütterliche Herz immer partheyisch zu machen pflegt) mit anhöre, was er zu seiner Verantwortung sagen wird. Lebet wohl, mein Gebieter, ich will euch wieder aufwarten, eh ihr zu Bette geht, und euch erzählen, was ich gehört haben werde.

(Er geht ab.)

KÖNIG.

Ich danke euch, mein ehrlicher Polonius. -- (allein.) O! Mein Verbrechen ist stinkend; es riecht zum Himmel hinauf; es ist mit dem ältesten Fluche beladen; ein Bruder-Mord -- Beten kan ich nicht -- wie könnt' ich, da ich, in innerlichem Streit zwischen meiner Neigung und meinem Vorsaz demjenigen gleich bin, der zwey Geschäfte vor sich liegen hat, und unterm Zweifel, welches er zuerst thun soll, beyde versäumt. -- Wie, wenn diese verbrecherische Hand diker als sie ist, mit Bruder-Blut überzogen wäre? Hat der allgütige Himmel nicht Regen genug, sie schneeweiß zu waschen? Wozu dient Barmherzigkeit, als dem Verschuldeten Gnade zu erweisen? Hat nicht das Gebet diese doppelte Kraft, uns Unterstüzung zu verschaffen, eh wir fallen, oder Vergebung, wenn wir gefallen sind? So will ich dann aufschauen -- Mein Verbrechen ist hinweg. Aber, o! was für eine Formul von Gebet kan ich gebrauchen? -- »Vergieb mir meinen schändlichen Mord!« -- Das kan nicht seyn, da ich noch immer im

Besiz der Vortheile bin, um derentwillen ich diesen Mord begieng -- meiner Krone, und meiner Königin? Wie kan ein Verbrecher Vergebung hoffen, so lang er sich den Gewinn seiner Uebelthat vorbehält? Ja, nach dem verkehrten Lauf dieser Welt kan es seyn, kan des Verbrechens übergüldete Hand das Auge der Gerechtigkeit zuschliessen; hier, wo oft der Lohn der Ungerechtigkeit selbst das Gesez auskauft; aber so ist es nicht dort oben: Dort gelten keine Ausflüchte; dort liegt die That in ihrer natürlichen Blösse da, und wir sind gezwungen, ihr Zeugniß wieder uns, im Angesicht unsrer Sünden, zu bekräftigen. Wie dann? Was bleibt übrig? -- Versuchen, was Reue vermag: Was vermag sie nicht? -- Aber was vermag blosse unfruchtbare Reue? -- O unseliger Zustand! O, im Schlamme versunkene Seele! die du desto tiefer versinkst, je mehr du dich losarbeiten willst. Helft mir, ihr Engel! helfet! Zur Erde, ihr ungeschmeidigen Kniee! Und du, Herz mit Fibern von Stahl, enthärte dich, und werde so weich wie die Sehnen eines neugebohrnen Kinds! -- Es kan noch alles gut werden.

(Er begiebt sich in den hintersten Theil der Scene und kniet nieder.)

*

NEUNTE SCENE.

Hamlet tritt auf.

HAMLET.

Izt könnt' ich's am füglichsten thun, izt da er betet,

und izt will ich's thun -- so fährt er doch gen Himmel -- Und das sollte meine Rache seyn? Das würde fein lauten! -- Ein Bösewicht ermordet meinen Vater, und davor schik ich sein einziger Sohn, diesen nemlichen Bösewicht gen Himmel -- O, das wäre Belohnung nicht Rache! Er überfiel meinen Vater unversehens, bey vollem Magen, mit allen seinen in voller Blüthe stehenden Sünden -- und wie es nun um ihn steht, weiß allein der Himmel -- Unsern Begriffen nach übel genug. Wär ich also gerochen, wenn ich ihm in dem Augenblik wegnähme, da sich seine Seele ihrer Schulden entladen hat, da sie zu diesem Uebergang geschikt ist? -- Hinein, mein Schwerdt; du bist zu einem schreklichern Dienst bestimmt! Wenn er betrunken ist und schläft, oder im Ausbruch des Zorns, oder mitten in den blutschänderischen Freuden seines Bettes, wenn er spielt, flucht, oder sonst etwas thut, das keine Hoffnung der Seligkeit übrig läßt, dann gieb ihm einen Stoß, daß er seine Beine gen Himmel streke, indem seine schwarze Seele zur Hölle fährt -- Meine Mutter wartet auf mich -- eine Arzney, die zu nichts dient, als eine unheilbare Krankheit zu verlängern.

(Er geht ab.)

Der König steht auf, und tritt vorwärts.

KÖNIG.

Meine Worte fliegen auf, meine Gedanken bleiben zurük; und Worte ohne Gedanken langen nie im Himmel an.

(Er geht ab.)

*

ZEHNTE SCENE.

Verwandelt sich in das Cabinet der Königin.

Die Königin und Polonius treten auf.

POLONIUS.

Er wird sogleich da seyn; seht, daß ihr rund mit ihm zu Werke geht; sagt ihm, die Streiche die er gespielt habe seyen zu grob, zum Ausstehen; der König sey sehr ungehalten darüber, und wenn ihr nicht seine Fürsprecherin gewesen wäret, so hätte es Folgen haben können -- Ich will mich hier verbergen; ich bitte euch, sagt ihm die Meynung fein scharf.

HAMLET *(hinter der Scene.)*

Mutter! Mutter! --

KÖNIGIN.

Seyd deßwegen ohne Sorge; verlaßt euch auf mich -- Entfernt euch, ich hör' ihn kommen.

(Polonius verbirgt sich hinter die Tapeten.)

Hamlet tritt auf.

HAMLET.

Nun, Mutter, was ist die Sache?

KÖNIGIN.

Hamlet, du hast deinen Vater sehr beleidiget.

HAMLET.

Mutter, ihr habt *meinen* Vater sehr beleidiget.

KÖNIGIN.

Kommt, kommt, ihr gebt mir eine verkehrte Antwort.

HAMLET.
Sie schikt sich auf eine boshafte Anrede.

KÖNIGIN.
Wie, was soll das seyn, Hamlet?

HAMLET.
Was wollt ihr dann?

KÖNIGIN.
Kennst du mich nicht mehr?

HAMLET.
Nein, beym Himmel, das nicht; ihr seyd die Königin, euers Gemahls Bruders Weib, aber ich wollte, ihr wäret es nicht! -- Ihr seyd meine Mutter.

KÖNIGIN.
Gut, wenn du aus diesem Ton anfängst, so will ich dir jemand antworten lassen, der reden kan --

HAMLET.
Kommt, kommt, und sezt euch nieder; ihr sollt mir nicht von der Stelle: Ich laß euch nicht gehen, bis ich euch einen Spiegel vorgehalten habe, worinn ihr euch bis auf den Grund eurer Seele sehen sollt.

KÖNIGIN.
Was hast du im Sinn? Du wirst mich doch nicht ermorden wollen? Hülfe! ho!

POLONIUS *(hinter der Tapete.)*
Wie? He, Hülfe!

HAMLET.
Was giebt's da? Eine Maus? Todt um einen Ducaten, todt.

(Er ersticht den Polonius.)

POLONIUS.

O, ich bin ein Mann des Todes.

KÖNIGIN.

Weh mir! Was hast du gethan?

HAMLET.

In der That, ich weiß es nicht: Ist es der König?

KÖNIGIN.

O, was für eine rasche und blutige That ist das!

HAMLET.

Eine blutige That; beynahe so schlimm, meine gute Mutter, als einen König ermorden und seinen Bruder heyrathen.

KÖNIGIN.

Einen König ermorden?

HAMLET.

Ja, Gnädige Frau, das war mein Wort. *(Zu Polonius.)* Du unglüklicher, unbesonnener, unzeitig-geschäftiger Thor, fahr du wohl! Ich hielt dich für einen Grössern als du bist; habe nun, was du dir zugezogen hast; du erfährst nun, daß es gefährlich ist, sich gar zu viel zu thun zu machen -- *(Zur Königin.)* Macht nicht so viel Hände-Ringens, still, sezt euch nieder, und laßt mich euer Herz in die Presse nehmen; denn das will ich thun, wenn es anders von lasterhafter Gewohnheit nicht so eisenhart worden ist, daß es alles Gefühl verlohren hat.

KÖNIGIN.

Was hab ich gethan, das dich vermessen genug macht, mich so rauh anzulassen?

HAMLET.

Eine That, welche die keusche Röthe der Unschuld selbst verdächtig macht, und die Tugend eine Heuchlerin nennt; die Rose von der schönen Stirne einer rechtmäßigen Liebe wegreißt und eine Eyter-Beule an ihre Stelle sezt; eine That, die den Ehgelübden nicht mehr Glauben übrig läßt, als die Schwüre falscher Würfel-Spieler haben -- O! so eine That, die den ehrwürdigsten Verträgen die Seele ausreißt, und die holde Religion in leeren Wörter-Schall verwandelt. Des Himmels Angesicht sieht, seit dem diese That geschehen ist, mit trübem Auge auf diesen Erdball herab; so düster und traurig, wie beym Anbruch des Welt-Gerichts.

KÖNIGIN.

Weh mir, was für eine That?

HAMLET.

Die so laut brüllt, daß sie bis in die Indien donnert -- Seht hieher, seht auf dieses Gemählde, und auf dieses, die Abbildungen zwoer Brüder: seht, was für eine Würde saß auf dieser Stirne -- Hyperions Loken -- die Stirne des Jupiters selbst -- ein Auge, wie des Kriegs-Gottes, zu schreken oder Befehle zu herrschen; eine Stellung, wie des Herolds der Götter, der sich eben auf einen himmelküssenden Hügel herabgeschwungen hat; eine Gestalt, auf welche jeder Gott sein Siegel gesezt zu haben schien um der Welt zu urkunden, daß das ein Mann sey. Das war euer Gemahl -- Seht nun hieher; hier ist euer Gemahl, er, der wie der Mihlthau eine gesunde Aehre, seinen Bruder vergiftete. Habt ihr Augen? Konntet ihr die gute Weyde auf diesem schönen Berge verlassen, um euch in diesem Morast zu wälzen? Ha! habt ihr Augen? Ihr könnt es nicht Liebe heissen; denn, in euerm Alter, ist das Blut zahm, und läßt sich von der Vernunft leiten; und welche Vernunft würde von *diesem* zu *diesem* übergehen? Sinnlichkeit habt ihr, das ist gewiß; sonst könntet ihr keine Vorstellung haben; aber diese Sinnen sind vom Schlage getroffen: Wahnwiz könnte sich nicht so sehr verirrt haben; so toll wird niemand, daß ihm nicht noch immer so viel Unterscheidungs-Kraft übrig bleibe, eine solche Verschiedenheit wahrzunehmen -- Was für ein Teufel hat euch denn die Augen verbunden, wie ihr diese Wahl machtet? Augen ohne Gefühl, Gefühl ohne Augen, Ohren ohne Hände oder Augen, oder nur ein kranker Rest eines einzigen unverblendeten Sinn's hätte sich nicht so verfehlen können -- O Schaam! wo ist deine Röthe? Rebellische Hölle, wenn du in den Gebeinen einer Matrone einen solchen Aufruhr machst, so laß immer die Keuschheit der Jugend Wachs seyn, und in ihrem eignen Feuer wegschmelzen. Ruft keine Schande aus, wenn der ungestüme Trieb der Jugend-Hize in Ausschweiffung auflodert, da der Frost selbst eben so ungezähmt brennt, und Vernunft die Kupplerin schnöder Lüste wird.

KÖNIGIN.

O Hamlet, halte ein! Du drehst meine Augen in meine innerste Seele, und da seh ich so schwarze, so häßliche Fleken, daß sie nimmermehr ihre Farbe verliehren werden.

HAMLET.

Gewiß nicht, so lang ihr fähig seyd in dem stinkenden Schweiß eines blutschändrischen Bettes zu leben, der Liebe in einem unflätigen Schwein-Stalle zu pflegen --

KÖNIGIN.

O höre auf; diese Reden dringen wie Dolche in meine Ohren -- Nichts mehr, lieber Hamlet.

HAMLET.

Ein Mörder, und ein schlechter Kerl oben drauf! -- Ein Sclave, der nicht der zwanzigste Theil eines Zehentheils von euerm ersten Herrn ist, der Pikelhäring unter den Königen, ein feiger Schurke und Gaudieb, der die Krone von einem Küssen wegstahl, und sie in seinen Schnapsak stekte --

KÖNIGIN.

Genug, genug --

(Der Geist läßt sich sehen.)

HAMLET.

Ein zusammengeflikter Lumpen-König -- Himmel! *(Er starrt mit Entsezen auf.)* umschwebet mich mit euern Flügeln, ihr himmlischen Wächter! -- Was will deine ehrwürdige Erscheinung?

KÖNIGIN.

O weh! er ist wahnsinnig --

HAMLET.

Kommt ihr nicht, euern trägen Sohn zu beschelten, der die Zeit in unthätigem Gram verliehrend, das grosse Werk, das ihr ihm anbefohlen habt, liegen läßt?

GEIST.

Vergiß es nicht: Dieser Besuch hat sonst keine Absicht, als deinen fast stumpfen Vorsaz zu wezen. Aber, siehe! Erstaunen ergreift deine Mutter! O tritt zwischen sie und ihre kämpfende Seele: In den schwächsten Körpern wirkt die Einbildung am stärksten. Rede mit ihr, Hamlet.

HAMLET.

Wie steht es um euch, Gnädige Frau?

KÖNIGIN.

O weh! wie steht es um dich? daß du deine Augen so auf einen Ort ohne Gegenstand heftest, und mit der unkörperlichen Luft Gespräche führst? Deine Geister schauen wild aus deinen Augen heraus, und gleich schläfernden Soldaten bey einem plözlichen Alarm, starren deine Haare, wie beseelt, empor, und stehen unbeweglich auf ihren Enden -- O mein lieber Sohn, sprize kalte Geduld auf das Feuer deiner Leidenschaft -- Was schauest du so an?

HAMLET.

Ihn! Ihn selbst! -- Seht ihr den düstern Schein, den er von sich giebt? Seine Gestalt und seine Sache zusammengenommen, könnten Steine in Bewegung und Leidenschaft sezen -- O sieh mich nicht an, oder dieser traurige Blik verwandelt meinen frömmern Vorsaz in Wuth -- und macht hier Blut für Thränen fliessen.

KÖNIGIN.

Mit wem redet ihr?

HAMLET.

Seht ihr denn nichts hier? *(Er zeigt mit dem Finger auf den Geist.)*

KÖNIGIN.

Nicht das geringste; und doch seh ich alles was ist.

HAMLET.

Hört ihr auch nichts?

KÖNIGIN.

Nein, nichts als uns beyde.

HAMLET.

Wie, seht nur dorthin! Seht, wie es hinweg gleitet! Mein Vater in seiner leibhaften Gestalt! Seht, eben izt geht es durch die Thüre hinaus.

(Der Geist verschwindt.)

KÖNIGIN.

Es ist ein blosses Gespenst euers Hirns, ein unwesentliches Geschöpf der schwärmenden Phantasie.

HAMLET.

Was Phantasie? Mein Puls schlägt so regelmässig als der eurige -- Ich habe nicht in tollem Muth gesprochen; sezt mich auf die Probe; ich will euch alles von Wort zu Wort wieder hersagen; das kan der Wahnwiz nicht -- Mutter, um des Himmels willen, legt diese schmeichlerische Salbe nicht auf eure Seele, als ob nicht euer Verbrechen, sondern meine Tollheit rede: Das würde nur den eyternden Schaden mit einer Haut überziehen, indeß das fäulende Gift inwendig um sich frässe und das Uebel unheilbar machte. Beichtet eure Sünde dem Himmel; bereuet, was geschehen ist, und vermeidet, was noch geschehen kan -- Leget keine Düngung auf Unkraut, um es noch üppiger zu machen. Vergebet mir diese meine Tugend; weil doch in dieser verdorbnen Zeit die Tugend das Laster um Vergebung bitten, und sich noch büken und krümmen muß, um Erlaubniß zu erhalten, ihm Gutes zu thun.

KÖNIGIN.

O Hamlet! Du hast mir das Herz entzwey gebrochen.

HAMLET.

O werft den schadhaften Theil weg, und lebt desto gesünder mit der andern Hälfte. Gute Nacht; aber geht nicht in meines Oheims Bette: Zwingt euch zur Tugend, wenn ihr sie nicht in euerm Herzen findet. Die Gewohnheit, dieses Ungeheuer, welches das Gefühl aller bösen Fertigkeiten wegfrißt, ist doch darinn ein Engel, daß sie auch die Ausübung schöner und guter Handlungen erleichtert: Thut euch diese Nacht Gewalt an; das wird die folgende Enthaltung schon weniger mühsam machen; die nächstfolgende wird schon leichter seyn: Denn Uebung im Guten kan sogar den Stempel der Natur auslöschen, ja den Teufel selbst überwältigen und austreiben, so sehr er sich entgegen sträubt. Noch einmal, gute Nacht! und wenn ihr selbst nach dem himmlischen Segen begierig seyd, denn will ich euch um euern Segen bitten -- Was diesen ehrlichen Mann betrift, *(er zeigt auf die Leiche des Polonius)* so ist mir's leid; aber es hat nun dem Himmel so gefallen, einen durch den andern zu straffen, und mich zur Geisel zu machen, um sie zu züchtigen. Ich will für ihn sorgen, und für den Tod, den ich ihm gab, soll sein Geist Genugthüung von mir haben; hiemit noch einmal gute Nacht! Ich muß grausam seyn, um eine gute Absicht zu erhalten -- Der Anfang ist nun gemacht, aber das Schlimmste steht noch bevor.

KÖNIGIN *(in Verlegenheit.)*

Was soll ich thun?

HAMLET *(entrüstet und spöttisch.)*

Ja bey Leibe nichts von allem, warum ich euch gebeten habe -- Euch von euerm strozenden König wieder in sein Bette loken, in die Baken zwiken, sein Mäuschen nennen lassen; um ein paar stinkende Küsse, oder dafür, daß er euch mit seinen verdammten Fingern am Halse herum krabbelt, euch den ganzen Inhalt unsrer Unterredung abtändeln lassen, und daß ich nicht wirklich, sondern nur verstellter Weise toll bin. Es wäre recht gut, wenn ihr ihn das wissen liesset. Denn warum sollte auch eine so schöne, kluge, tugendsame Königin Sachen von solcher Wichtigkeit vor einer Kröte, vor einer Fledermaus, vor einer Meer-Kaze geheim halten? Wer wollte das thun? Nein, troz der Vernunft und Verschwiegenheit! Zieht den Nagel aus dem Korb auf dem Dach, laßt die Vögel ausfliegen, und kriecht, wie der Affe in der Fabel, dafür in den Korb hinein, und wenn ihr euern eignen Hals darüber brechen solltet.

KÖNIGIN.

Sey du versichert, wenn Worte aus Athem, und Athem aus Leben gemacht sind, so hab ich kein Leben, um zu athmen was du mir gesagt hast.

HAMLET.

Ich muß nach England, das wißt ihr doch?

KÖNIGIN.

Ach ja, das hatt' ich vergessen; so ist's beschlossen worden.

HAMLET.

Die Briefe sind schon gesiegelt, und meine zween Schul-Cameraden (denen ich trauen will, wie ich einer Otter in meiner Hand trauen wollte) tragen die Instruction; sie sollen mit mir reisen, und meine Wegweiser in die Grube seyn, die mir gegraben ist: Wir wollen sehen, was daraus wird - - Denn das ist eben der Spaß, wenn der Artillerist in seiner eignen Mine in die Luft gesprengt wird; und es muß hart hergehen, wenn ich nicht eine Ruthe tiefer als sie grabe und sie in den Mond hinein blase. O es ist ein Vergnügen, wenn eine List in gerader Linie auf die andre stößt! -- Diesen wakern Mann hier will ich aufpaken -- Er ist zu schwer; ich will den Wanst in das nächste Zimmer schleppen; gute Nacht, Mutter -- In der That, dieser geheime Rath, der in seinem Leben ein alberner plauderhafter Bube war, ist nun auf einmal gesezt, gravitätisch und verschwiegen worden. Kommt, Sir, wir wollen euch an Ort und Stelle bringen -- Gute Nacht, Mutter.

(Hamlet geht ab, und schleppt den Polonius nach.)

*

Vierter Aufzug.

ERSTE SCENE.

Das Königliche Zimmer.

Der König, die Königin, Rosenkranz und Güldenstern treten auf.

DER KÖNIG *(zur Königin.)*

Diese Seufzer sind von Inhalt schwer; es ist nöthig, daß wir ihre Bedeutung verstehen. Wo ist euer Sohn?

KÖNIGIN.

Laßt uns auf einen Augenblik allein. *(zu Rosenkranz und Güldenstern welche sich entfernen.)*

KÖNIG.

Was ist's, Gertrude? Was macht Hamlet?

KÖNIGIN.

Er ist rasender als die See und der Wind, wenn beyde kämpfen, welches das mächtigste sey; in einem solchen Anstoß von unbändiger Wuth hört er etwas hinter den Tapeten sich rühren, zieht den Degen, ruft, eine Maus! und ersticht in dieser Einbildung den ungesehenen guten alten Mann.

KÖNIG.

Himmel! welch ein Unfall - - So würde es *uns* gegangen seyn, wenn wir an des Alten Plaz gewesen wären: Seine Freyheit drohet allgemeine Gefahr, euch selbst und jederman. Wehe uns! Wie werden wir diese blutige That rechtfertigen können? Sie wird uns zur Last gelegt werden, weil wir die Vorsicht hätten haben sollen, diesen rasenden jungen Menschen eingesperrt zu halten. Aber so weit gieng unsre Liebe zu ihm; wir verblendeten uns selbst gegen das was die Klugheit erforderte, und glichen hierinn einem Menschen, der mit einem bösen Schaden behaftet ist, und ihn aus Furcht daß er bekannt werden möchte, so lange nährt, bis er das Mark seines Lebens weggefressen hat. Wo ist er hingegangen?

KÖNIGIN.

Den Leichnam des Ermordeten wegzusschaffen, bey dem er sich so gebehrdet, daß man deutlich siehet, wie sein Wille keinen Theil an dem Werk seiner Raserey habe. Er beweint, was er gethan hat.

KÖNIG.

O Gertrude, kommt mit mir; die Sonne soll nicht bälder die Gebirge berühren, als wir ihn von hier zu Schiffe senden wollen: Und was diese böse That betrift, so werden wir alles unsers Ansehens und unsrer Klugheit nöthig haben, um ihren Folgen vorzubauen -- He! Güldenstern!

Rosenkranz und Güldenstern kommen zurük.

Meine Freunde, geht, und nehmet noch einige Leute mit euch; Hamlet hat in einem Anfall von Raserey den Polonius erschlagen, und ihn aus seiner Mutter Cabinet weggeschleppt; geht, sucht ihn auf, redet freundlich mit ihm, und bringt den Leichnam in die Schloß-Capelle. Ich bitte euch, säumt euch keinen Augenblik.

(Rosenkranz und Güldenstern gehen ab.)

Kommt, Gertrude, wir wollen die Klügste von unsern Freunden zusammenberuffen lassen, und ihnen anzeigen, sowol was wir zu thun vorhaben, als was Hamlet unglüklicher Weise gethan hat. Es ist nur allzu besorglich, daß das Gerücht diese That in kurzem durch die ganze Welt flüstern, und vielleicht unsern Namen durch heimliche Anschuldungen vergiften wird -- Kommt, kommt; mein Gemüth ist voller Unruh und innerlichem Streit --

(Sie gehen ab.)

*

ZWEYTE SCENE.

Hamlet tritt auf.

HAMLET.

Nun liegt er wo er hin gehört --

(Hinter der Scene: Hamlet! Prinz Hamlet!)

HAMLET.

Was für ein Lerm? Wer ruft Hamlet? Ha, da kommen sie angestochen --

Rosenkranz und Güldenstern treten auf.

ROSENKRANZ.

Was habt ihr mit dem todten Körper angefangen, Gnädiger Herr?

HAMLET.

Ihn dem Staub gegeben, zu dem er ein Anverwandter ist.

ROSENKRANZ.

Sagt uns, wo er liegt, damit wir ihn abholen und in die Capelle tragen können.

HAMLET.

Das bildet euch nicht ein --

ROSENKRANZ.

Was einbilden?

HAMLET.

Daß ich euer Geheimniß verschweigen könnte und mein eignes nicht. Zudem, wenn der Fräger ein Erdschwamm ist, was für eine Antwort kan der Sohn eines Königs geben?

ROSENKRANZ.

Seht ihr mich für einen Schwamm an, Gnädiger Herr?

HAMLET.

Ja Herr, für einen Schwamm, der des Königs Blike, Winke und Minen aufsaugt; aber solche Diener thun einem König den besten Dienst erst am Ende; wenn er dessen bedarf, was ihr eingeschlukt habt, so drukt er euch aus, und ihr werdet wieder der trokne löchrichte Schwamm, der ihr vorher waret.

ROSENKRANZ.

Ich weiß nicht was ihr damit sagen wollt, Gnädiger Herr?

HAMLET.

Das ist mir lieb; eine spizige Rede schläft in einem närrischen Ohr.

ROSENKRANZ.

Gnädiger Herr, ihr müßt uns sagen, wo der Leichnam ist, und mit uns zum Könige gehen.

HAMLET.

Der Leichnam ist schon beym Könige, aber der König nicht bey dem Leichnam. Der König ist ein Ding --

GÜLDENSTERN.

Ein Ding, Gnädiger Herr?

HAMLET.

Von -- Nichts: führt mich zu ihm; Verstek dich, Fuchs, und alle hinten drein.

(Sie gehen ab.)

*

DRITTE SCENE.

Der König tritt auf.

KÖNIG.

Ich habe Befehl gegeben, ihn zu mir führen, und den Leichnam aufsuchen zu lassen; wie gefährlich es ist, diesen Menschen so frey herumgehen zu lassen! Und doch dörfen wir ihn nicht nach der Strenge des Gesezes behandeln; der Pöbel, der seine Neigungen nicht nach seiner Vernunft, sondern nach seinen Augen abmißt; der Pöbel, der ihn liebt, würde in seiner Bestraffung, nicht ihr Verhältniß gegen sein Verbrechen, sondern nur die Härte der Straffe sehen. Glüklicher Weise fügt es sich, daß dieser Vorfall zu seiner plözlichen Verschikung einen Vorwand giebt. Gegen verzweifelt gewordene Schäden muß man verzweifelte Mittel gebrauchen oder gar keine.

Rosenkranz tritt auf.

Was giebts? Was ist vorgefallen?

ROSENKRANZ.

Gnädigster Herr, wir können nicht von ihm heraus bringen, wo der Leichnam hingekommen ist.

KÖNIG.

Wo ist dann er?

ROSENKRANZ.

Draussen, Gnädigster Herr, mit einer Wache, euern Befehl erwartend.

KÖNIG.

Führt ihn herein.

ROSENKRANZ.

He! Güldenstern, führt den Prinzen herein.

Hamlet und Güldenstern treten auf.

KÖNIG.

Nun, Hamlet, wo ist Polonius?

HAMLET.

Beym Essen.

KÖNIG.

Beym Essen? wo dann?

HAMLET.

Nicht wo *er* ißt, sondern wo er gegessen wird; eine gewisse Versammlung von politischen Würmern ist wirklich an ihm. Wo es aufs Schmausen ankommt, ist in der Welt nichts über einen Wurm. Wir mästen alle Creaturen damit sie uns mästen sollen, und für wen mästen wir uns als für Maden? Euer fetter König, und euer magrer Bettler sind nur verschiedne Gerichte; zwey Schüsseln auf eine Tafel; das ist das Ende vom Liede.

KÖNIG.

O weh! o weh!

HAMLET.

Ein Mensch, kan mit dem Wurm der einen König

gegessen hat, einen Fisch angeln, und den Fisch essen, der diesen Wurm gegessen hat.

König.

Was willst du damit sagen?

Hamlet.

Nichts, als daß ich euch zeigen will, wie es mit einem König so weit kommen kan, daß er eine Reise durch die Gedärme eines Bettlers machen muß.

König.

Wo ist Polonius?

Hamlet.

Im Himmel, schikt nur hin, und laßt nach ihm fragen. Wenn ihn euer Abgesandter dort nicht findt, so sucht ihn an dem andern Orte selbst. Aber, im Ernst zu reden, wenn ihr ihn binnen diesem Monat nicht findet, so werdet ihr ihn riechen, wenn ihr die Treppe in die Galerie hinauf geht.

König.

Geht, sucht ihn dort.

Hamlet.

Er wird euch gewiß nicht davon lauffen.

König.

Hamlet, diese deine That macht zu deiner eignen Sicherheit (für welche wir eben so sehr besorgt sind, als höchlich wir das was du gethan hast, mißbilligen) nothwendig, daß du in feuriger Eile nach England abgehest. Schike dich also dazu an; das Schiff liegt fertig, der Wind ist günstig, deine Gefährten warten, und alles kehrt sich schon nach England hin.

HAMLET.

Nach England?

KÖNIG.

Ja, Hamlet.

HAMLET.

Gut.

KÖNIG.

So ist es, wenn du unsre Absichten kennnest.

HAMLET.

Ich sehe einen Cherub, der sie sieht; aber kommt, nach England! Lebet wohl, liebe Mutter.

KÖNIG.

Dein liebender Vater, Hamlet.

HAMLET.

Meine Mutter; Vater und Mutter ist Mann und Weib; Mann und Weib ist Ein Fleisch, und also seyd ihr meine Mutter -- Kommt nach England!

(Er geht ab.)

KÖNIG.

Folgt ihm auf dem Fusse; lokt ihn mit guten Worten an Bord; keinen Aufschub! Ich will ihn noch in dieser Nacht fort haben. Hinweg, es ist alles schon fertig und gesigelt, was sonst zur Sache gehört; ich bitte euch, macht hurtig --

(Rosenkranz und Güldenstern gehen ab.)

Und, England, wenn du meine Freundschaft werth hältst, wie du in Ansehung meiner Macht thun solltest, da die Narben noch so rauh und roth aussehen, die das dänische Schwerdt dir gegraben hat: So magst du dich hüten, unsern Auftrag, der nichts geringers als den unfehlbaren Tod Hamlets zum Gegenstand hat, kaltsinnig auszuführen. Thu es England; Denn er raßt in meinem Blut wie ein zehrendes Fieber, und du must mich curieren. Bis ich weiß daß es geschehen ist, werde ich, so groß mein Glüks-Stand ist, keines frohen Augenbliks geniessen.

(Er geht ab.)

*

VIERTE SCENE.

Ein Lager an den Grenzen von Dännemark.

Fortinbras zieht mit einem Kriegs-Heer auf.

FORTINBRAS.

Geh Hauptmann, vermelde dem dänischen Könige meinen Gruß; sag ihm, daß, seiner Bewilligung gemäß, Fortinbras um den freyen Durchzug durch sein Reich ansuche; und sag ihm, wofern seine Majestät uns zu sehen verlange, so würden wir ihm persönlich unsre Aufwartung machen.

HAUPTMANN.

Ich werde es ausrichten, Gnädiger Herr.

FORTINBRAS.

Marschiert weiter --

(Fortinbras geht mit der Armee wieder ab.)

Hamlet, Rosenkranz und Güldenstern treten auf.

HAMLET.

Mein guter Herr, wessen Völker sind das?

HAUPTMANN.

Sie sind aus Norwegen, mein Herr.

HAMLET.

Was ist ihr Vorhaben, mein Herr, wenn ich bitten darf?

HAUPTMANN.

Gegen einen Theil von Pohlen.

HAMLET.

Wer commandiert sie, mein Herr?

HAUPTMANN.

Fortinbras, des alten Norwegen Neffe.

HAMLET.

Gilt es dem ganzen Pohlen, oder ist die Frage nur von einem District an den Grenzen?

HAUPTMANN.

Wenn ich euch die runde Wahrheit sagen soll, so gehen wir um einen kleinen Flek Landes einzunehmen, wovon der Name das einträglichste ist -- wenn er fünf Ducaten einträgt -- Fünf? Ich möcht' es nicht darum in Pacht nehmen, auch würde es weder den Norwegen noch den Pohlen mehr abwerfen, wenn es versteigert werden sollte.

HAMLET.

Wenn das ist, so wird sich der Polak wenig bekümmern, es euch streitig zu machen.

HAUPTMANN.

Allerdings; er hat es schon mit einer starken Mannschaft besezt.

HAMLET.

Zweytausend Seelen und zwanzigtausend Ducaten

werden nicht zureichend seyn, diesen Streit um einen Stroh-Halm auszumachen. Das ist das Apostem von übermässiger Grösse und Ruhe, das inwendig aufbricht, ohne von aussen eine Ursache zu zeigen, warum der Mann sterben muß. Ich danke euch, mein Herr, für eure Nachrichten.

HAUPTMANN.

Gott behüte euch, mein Herr.

ROSENKRANZ.

Gefällt's euch weiter zu gehen, Gnädiger Herr?

HAMLET.

Ich will gleich wieder bey euch seyn; geht nur ein wenig voraus.

(Sie gehen ab.)

HAMLET *(allein.)*

Müssen nicht alle Gelegenheiten gegen mich auftreten, und meine edle Saumseligkeit beschämen? Was ist ein Mann, wenn alles was er mit seiner Zeit gewinnt, Essen und Schlaffen ist? Ein Thier, nichts bessers. O gewiß, Er, der uns mit einer Denkungs-Kraft erschuf, die in einem so weiten Umkreis zurük und vor sich sieht, gab uns dieses Vermögen, diese Gott-ähnliche Vernunft nicht, sie ungebraucht rosten zu lassen. Wie dann? Ist es thierische Unachtsamkeit, oder sind es Bedenklichkeiten; ist es eine zu genaue Erwegung des Ausgangs, (ein Gedanke, der, wenn er geviertheilet wird, nur einen Theil Weisheit und drey Viertel von einer feigen Memme in sich hat:) was die Ursache ist daß ich noch lebe, um von diesen Dingen als von solchen zu reden, die erst noch geschehen sollen? Da ich doch Ursache, Willen, Vermögen und Mittel habe, sie auszuführen - - Was für ein Beyspiel! Ein so zahlreiches

Heer, von einem zarten jungen Prinzen angeführt, dessen Geist, von göttlicher Ruhm-Begierde geschwellt, einem unsichtbaren Ausgang Troz bietet, und alles was sterblich und ungewiß ist, allem was Zufall, Gefahr und Tod vermögen, aussezt, und das um eine Eyer-Schaale - - Das ist nicht ein grosses Herz, das nur durch grosse Gegenstände in Bewegung gesezt werden kan; auf eine edle Art die Gelegenheit zu Händeln in einem Stroh-Halm finden, wenn es die Ehre fodert - - Das nenn' ich groß. Was steh' ich dann, ich, der einen ermordeten Vater, eine entehrte Mutter habe, (Betrachtungen, meine Vernunft und mein Blut zugleich aufzureizen!) was steh ich, und laß alles schlaffen? Indeß ich, zu meiner Schande, zusehe, wie der Tod über zwanzigtausend Männern herabhängt, die um einer Grille, um eines vermeynten Ehren-Punkts willen, so ruhig in ihr Grab wie in ihr Bette gehen; für ein Stükchen Boden fechten, das nicht weit genug zu einem Grab für die Erschlagnen wäre. O meine Seele! So seyen dann, von diesem Augenblik an, deine Gedanken blutig, oder höre auf zu denken!

(Geht ab.)

*

FÜNFTE SCENE.

Verwandelt sich in den Palast.

Die Königin, Horatio, und ein Hof-Bedienter.

KÖNIGIN.

Ich will sie nicht sprechen.

HOF-BEDIENTER.

Sie ist ausser sich, in der That, nicht recht bey sich selbst; ihr Zustand verdient Mitleiden.

KÖNIGIN.

Was will sie dann?

HOF-BEDIENTER.

Sie spricht immer von ihrem Vater; sagt, sie höre, es gehe alles bunt über Ek in der Welt; ruft ach und oh, schlägt sich auf die Brust; stößt einen Stroh-Halm unwillig vor sich her; sagt Dinge, die nur einen halben Sinn haben -- die an sich nichts sind, aber dem Hörer Anlaß zu Schlüssen geben, und mit den Winken, dem Kopf-Schütteln und andern Gebehrden, die sie dazu macht, zwar ihre wahre Meynung nicht deutlich machen, aber gerade so viel zu verstehen geben, daß man sie mißverstehen kan.

HORATIO.

Es wäre gut, wenn man mit ihr redete, denn sie könnte in übelgesinnten Gemüthern seltsame Muthmassungen erweken. Laßt sie herein kommen --

KÖNIGIN *(vor sich.)*

Meiner kranken Seele scheint jeder Kinder-Tand das Vorspiel irgend einer tragischen Begebenheit -- So ist die Natur der Sünde; so verräth sie sich selbst durch ihre immerwährende Furcht verrathen zu werden.

Ophelia tritt auf.

OPHELIA.

Wo ist die schöne Majestät von Dännemark?

KÖNIGIN.

Was macht ihr, Ophelia?

Ophelia *(singend.)*

Woran erkenn ich deinen Freund, wenn ich ihn finden
thu?
An seinem Muschel-Hut und Stab und seinem hölzern
Schuh.

Königin.

Ach! das arme Mädchen! was willt du mit diesem Liede?

Ophelia.

Sagt ihr das? Nein, ich bitte euch, hört zu.

(singend.)

Er ist todt, Fräulein, er ist todt und dahin,
Ein grüner Wasen dekt sein Haupt, und seinen Leib ein Stein.

Der König tritt auf.

Königin.

Aber meine liebe Ophelia --

Ophelia.

Ich bitte euch, horcht auf --
Weiß ist dein Hemd, wie frischer Schnee.

Königin.

O weh! Seht hieher, mein Herr.

Ophelia.

Mit Blumen rings umstekt;
Sie gehn mit ihm ins Grab, benezt
Mit treuer Liebe Thau.

König.

Wie steht's um euch, junges Fräulein?

Ophelia.

Wohl, Gott sey bey euch! Die Leute sagen, die Eule sey

vorher eine Bekers-Tochter gewesen. Herr Gott! wir wissen was wir sind, aber wir wissen nicht, was wir werden können. Gott segne euch das Mittag-Essen!

KÖNIG.

Traurigkeit über ihren Vater --

OPHELIA.

Ich bitte euch, nichts mehr von dieser Materie; wenn sie euch fragen, was es bedeuten sollte, so sagt ihnen das:

Auf Morgen ist Sant Valentins Tag, und früh vor
Sonnenschein
Ich, Mädchen, komm ans Fenster zu dir, und will dein
Valentin seyn.
Da stuhnd er auf, und zog sich an, und ließ sie in sein
Haus;
Sie gieng als Mädchen ein zu ihm, doch nicht als
Mädchen aus.

KÖNIG.

Holdselige Ophelia!

OPHELIA.

In der That, und ohne einen Eid, das soll das lezte seyn:

Bey Kilian und Sanct Charitas,
Das garstige Geschlecht!
Sie thun's sobald der Anlaß kommt;
Beym Hahn, es ist nicht recht.
Sie sprach: Bevor ihr mich ertappt,
Verspracht ihr mir die Eh;
Bey jener Sonn', ich hätt's gethan,
Was gabst du dich umsonst?

KÖNIG.

Wie lang ist sie schon in diesem Zustande?

OPHELIA.

Ich hoffe, alles soll gut gehen. Wir müssen Geduld haben; und doch kan ich nicht anders als weinen, wenn ich denke, daß sie ihn in den kalten Boden hineinlegen sollen; mein Bruder soll es erfahren, und hiemit dank' ich euch für euern guten Rath. Kommt, wo ist meine Kutsche? -- Gute Nacht, meine Damen; gute Nacht, schöne Damen; gute Nacht, gute Nacht.

(Sie geht ab.)

KÖNIG *(zu Horatio.)*

Folgt ihr, und laßt genau auf sie Acht geben, ich bitte euch -- *(Horatio geht ab.)* Das ist der Gift eines tiefen Grams, eine Folge von ihres Vaters Tod. O Gertrude, Gertrude, wenn Unglük kommt, so kommt es nicht einzeln, wie Kundschafter, sondern Schaaren-weis. Erst der gewaltsame Tod ihres Vaters -- Dann die Entfernung euers Sohns, die er sich durch jene Mordthat gerechtest zugezogen -- Das Volk von ungesunden Muthmassungen über den Tod des guten Polonius, die von einem Ohr ins andre geflüstert werden, aufgebracht und zur Empörung bereit -- Es war unvorsichtig von uns gehandelt, daß wir ihn heimlich bestatten liessen -- Die arme Ophelia ihres schönen Verstandes beraubt -- und was noch das schlimmste ist, so ist ihr Bruder in geheim aus Frankreich zurükgekommen, hält sich verborgen, zieht Erkundigung ein, und wird Ohrenbläser genug finden, die ihn mit giftigen Reden über die Ursache von seines Vaters Tod ansteken werden -- O meine liebste Gertrude, das ist mehr als nöthig ist, mich das Schlimmste besorgen zu machen.
(Man hört ein Getöse hinter der Scene.)

KÖNIGIN.

Himmel, was für ein Getöse ist das?

*

SECHSTE SCENE.

Ein Hof-Bedienter zu den Vorigen.

KÖNIG.

Wo sind meine Schweizer? Laßt sie die Thüre bewachen -- Was willst du?

HOF-BEDIENTER.

Rettet euch, Gnädigster Herr. Der über seine Ufer schwellende Ocean frißt nicht mit reissenderm Ungestüm die Furten und Sandbänke weg, als der junge Laertes, an der Spize eines aufrührischen Hauffens, eure Wachen zu Boden wirft; das Lumpenvolk nennt ihn Lord, und nicht anders als ob die Welt erst izt anfienge, und Geseze, Gebrauch und alles was die Bande der Gesellschaft befestiget, auf einmal vergessen wären, ruffen sie: Machen wir den Laertes zu unserm König! Kappen, Hände und Zungen geben ihren Beyfall bis in die Wolken; alles schreyt: »Laertes soll unser König seyn, Laertes König.«

KÖNIGIN.

(Man hört das Getümmel näher.)

Wie sie schreyen! Mit welcher Wuth von Freude! O, das sind nur Rechen-Pfenninge, ihr falschen Dänischen Hunde --

Laertes tritt auf, mit einer Partey vor der Thüre.

KÖNIG.

Die Thüren sind erbrochen.

LAERTES.

Wo ist dieser König? -- Ihr Herren! Bleibt ihr alle draussen stehen.

ALLE.

Nein, wir wollen auch hinein.

LAERTES.

Ich bitte euch, laßt mich gewähren.

ALLE.

Wir wollen, wir wollen.

(Sie gehen ab.)

LAERTES.

Ich danke euch; bewachet die Thüre. O du schändlicher König, schaffe mir meinen Vater her.

KÖNIGIN.

Ruhiger, guter Laertes.

LAERTES.

Der Tropfe Bluts, der ruhig in mir ist, ruft mich zum Bastart aus; nennt meinen Vater einen Hahnreyh; und brennt die Hure hier, hier mitten zwischen die keusche und unbeflekte Augbraunen meiner ehrlichen Mutter.

KÖNIG.

Was ist die Ursache, Laertes, daß deine Empörung sich dieses Riesenmässige Ansehen giebt? Laßt ihn gehen, Gertrude; besorget nichts für eure Person; es ist etwas so Göttliches um einen König hergezäunt, daß Verrätherey zu dem was sie gerne wollte, durch die Vergitterung nur hineinguken kan; ohne die Kraft zu haben ihren Willen ins Werk zu sezen. Sagt mir, Laertes, warum seyd ihr so aufgebracht? Laßt ihn gehen, Gertrude -- Redet, Mann!

LAERTES.

Wo ist mein Vater?

KÖNIG.

Todt ist er.

KÖNIGIN.

Aber nicht durch seine Schuld.

KÖNIG.

Laßt ihn fragen, bis er genug hat.

LAERTES.

Warum ist er todt? Wie gieng es zu, daß er todt ist? Ich werde mich nicht durch Ausflüchte abweisen lassen! Zur Hölle, Lehens-Pflicht! Zum schwärzesten Teufel, du Eyd, den ich schwur! Gewissen und Religion selbst in den tiefsten Brunnen! Ich troze der Verdammniß; auf dem Punkt wo ich stehe, sind beyde Welten nichts in meinen Augen; laß kommen was kommt; ich will Rache haben, Rache für meinen Vater, volle überfliessende Rache!

KÖNIG.

Wer soll euch denn aufhalten?

LAERTES.

Nicht die ganze Welt; und was mein Vermögen betrift, so will ich so damit haushalten, daß ich mit wenigem weit kommen will.

KÖNIG.

Mein lieber Laertes, wenn ihr von dem Schiksal euers Vaters gewisse Nachricht einziehen wollt, ist es bey euch beschlossen, daß ihr beydes Freund und Feind, ohne Unterschied, eurer Rache aufopfern wollt?

LAERTES.

Niemand als seine Feinde.

KÖNIG.

Wollt ihr wissen wer sie sind?

LAERTES.

Seinen Freunden will ich mit ofnen Armen entgegen eilen, und sie gleich dem Pelican mit meinem eignen Blut erhalten.

KÖNIG.

Nun, das heißt wie ein gutes Kind und wie ein Edelmann gesprochen. Daß ich an euers Vaters Tod unschuldig bin, und daß ich aufs empfindlichste dadurch betrübt worden, das soll euerm Verstand so klar werden, als der Tag euerm Auge ist. *(Man hört hinter der Scene ein Geschrey: Laßt sie hinein.)*

LAERTES.

Nun, was giebt's, was für ein Lerm ist das?

*

SIEBENDE SCENE.

Ophelia, auf eine phantastische Art mit Stroh und Blumen geschmükt, tritt auf.

LAERTES.

O Hize, trokne mein Gehirn auf! Thränen, siebenmal gesalzen, brennet die Empfindung und Sehens-Kraft meiner Augen aus! Beym Himmel, diese Verfinsterung deiner Vernunft soll mir so vollwichtig bezahlt werden, bis die Wagschale an den Balken stößt -- O Rose des Mayen! Holdes Mädchen, liebe Schwester, angenehmste Ophelia! -- Himmel! ists möglich daß der Verstand eines jungen Mädchens so sterblich seyn soll, als das Leben eines alten Mannes? Die Natur ist in Liebe verfallen, und sendet dem geliebten Gegenstand das Kostbarste was sie hat zum Andenken nach.

OPHELIA *(singend.)*

Sie senkten ihn in kalten Grund hinab,
Und manche Thräne blieb auf seinem Grab.
Fahr wohl, mein Täubchen!

LAERTES.

Hättest du deinen Verstand, und strengtest ihn an, mich zur Rache zu bereden, er könnte nicht halb so viel rühren --

OPHELIA.

Ihr müßt singen -- Hinab, hinab -- Ihr wißt ja das Lied? -- Es war der ungetreue Hausmeister, der seines Herrn Tochter entführte -- Hier ist Rosmarin, es ist zum Angedenken; ich bitte dich, Liebe, denk' an mich; und hier sind Vergiß nicht mein -- Hier ist Fenchel für euch, und Agley -- Hier ist Raute für euch, *(Sie theilt im Reden ihre Blumen aus.)* und hier ist welche für mich. Wir könnten sie Gnaden-Kraut oder Sonntags-Kraut nennen; ihr dürft eure Raute wol mit einigem Unterschied tragen. Hier ist eine Maaß-Liebe; ich wollte euch gern einige Veylchen geben, aber sie verwelkten alle, da mein Vater starb: Sie sagen, er hab' ein schönes Ende genommen:

(singend:)

Denn der Hanserl ist doch mein einziges Leben.

LAERTES.

Wer könnte bey einem solchen Anblik geduldig bleiben!

OPHELIA.

Und kommt er dann nicht wieder zurük?
Und kommt er dann nicht wieder zurük?
Nein, nein, er ist todt, geh in dein Tod-Bett!
Er kommt nicht wieder zurük.
Sein Bart war so weiß als Schnee
Ganz Silber-farb sein Haupt;
Er ist weg, er ist weg, und wir seufzen umsonst;
Friede sey mit seiner Seele!
Und mit allen Christen-Seelen - - Gott behüte euch.

(Sie geht ab.)

LAERTES.

Seht ihr das, ihr Götter?

KÖNIG.

Laertes, laßt mich euern Schmerz theilen, oder ihr versagt mir mein Recht: Geht wenn ihr zweifelt, leset eure verständigsten Freunde aus, sie sollen Richter zwischen mir und euch seyn: Finden sie daß wir auf irgend eine Art, geradezu oder verdekter Weise, in diese Sache eingeflochten sind - - so soll unser Königreich, unsre Krone, unser Leben, und alles was wir unser nennen, euch zur Genugthüung verfallen seyn. Ist es aber nicht, so leihet uns eure Geduld, und wir wollen gemeinschaftlich mit einander arbeiten, eure Rache zu befriedigen.

LAERTES.

Laßt es so seyn. Die Art seines Todes, seine heimliche

Bestattung, ohne Ehren-Zeichen, ohne einiges Gepränge, das seinem Stand gebührt hatte, alle Umstände ruffen so laut, als ob sie von der Erde bis in Himmel gehört werden wollten, daß ich sie in Untersuchung ziehen solle.

KÖNIG.

Das thut: und wo ihr die Beleidigung findet, dahin lasset die Straffe fallen. Ich bitte euch, folget mir.

(Sie gehen ab.)

*

ACHTE SCENE.

Horatio mit einem Bedienten tritt auf.

HORATIO.

Wer sind diese Leute, die mit mir sprechen wollen?

BEDIENTER.

Matrosen, mein Herr; sie sagen, sie haben Briefe für euch.

HORATIO.

Laß sie hereinkommen - - Ich kan nicht begreiffen, aus welchem Theil der Welt ich Briefe bekommen sollte, wenn sie nicht vom Prinzen Hamlet sind.

Einige Matrosen treten auf.

MATROSEN.

Gott helfe euch, Herr.

HORATIO.

Dir auch.

MATROSEN.

Das wird er auch, wenn er will, Herr -- Hier ist ein Brief an euch, Herr -- wenn ihr euch Horatio nennt, wie man mir gesagt hat; er kommt von dem Abgesandten, der nach England geschikt wurde.

HORATIO *überließt den Brief.*

Horatio, wenn du dieses überlesen haben wirst, so verschaffe diesen Leuten Gelegenheit vor den König zu kommen; sie haben Briefe an ihn. Eh wir noch zween Tage auf dem Meere waren, verfolgte uns ein See-Räuber von sehr stattlichem Ansehen. Da wir uns von ihm übersegelt sahen, entschlossen wir uns zur Gegenwehr, und währendem Handgemeng sprang ich zu ihnen an Bord -- Augenbliklich liessen sie unser Schiff fahren, und so blieb ich ihr Gefangner. Sie haben mir begegnet, wie Diebe die zu leben wissen; das macht, sie wußten warum, und sie sollen mir's nicht umsonst gethan haben. Mache, daß der König seinen Brief überkommt, und suche mich dann so eilfertig auf, als ob du vor dem Tode lieffest. Ich habe dir Worte ins Ohr zu sagen, die dich taub machen werden; und doch sind sie viel zu leicht für ihren Inhalt. Diese guten Bursche werden dich zu mir bringen. Rosenkranz und Güldenstern sezen ihren Lauf nach England fort. Ich habe dir viel von ihnen zu erzählen. Lebe wohl. »Dein Hamlet.«

Kommt, ich will für die Bestellung eurer Briefe sorgen; und desto eilfertiger, damit ihr mich ohne Verzug zu demjenigen führen könnet, der euch geschikt hat.

(Sie gehen ab.)

*

NEUNTE SCENE.

Der König und Laertes tretten auf.

KÖNIG.

Nunmehr muß dann euer Gewissen selbst meine Freysprechung sigeln, und ihr müsset überzeugt seyn, daß ich euer Freund bin, da ihr gesehen habt, daß eben derjenige, von dessen Hand euer edler Vater fiel, mir selbst nach dem Leben getrachtet hat.

LAERTES.

Die Beweise reden. Aber erlaubet mir zu fragen, warum ihr gegen Uebelthaten von so ungeheurer Beschaffenheit nicht gerichtlich procedirt habet; da doch eure eigne Sicherheit, Klugheit, und alles in der Welt euch rathen mußte, den Thäter zur Rechenschaft zu ziehen?

KÖNIG.

Zwoo besondre Ursachen haben mich davon abgehalten, die in euren Augen vielleicht weniger Stärke haben als in den meinigen. Die Königin seine Mutter lebt, so zu sagen, fast von seinen Bliken, und ich selbst (es mag nun eine Tugend oder eine Schwachheit seyn:) liebe sie so zärtlich, daß ich ihren Wünschen nichts versagen kan. Der andre Grund ist die allgemeine Zuneigung, welche das Volk zu ihm trägt, und die so weit geht, daß sie seine Fehler selbst übergülden und seine Verbrechen zu Tugenden machen würden: so daß meine Pfeile, zu schwach befiedert für einen so starken Wind, auf mich selbst zurük gefallen, und nicht dahin gekommen wären, wohin ich gezielt hätte.

LAERTES.

Und so muß ich einen edlen Vater verlohren haben,

und eine Schwester zu Grund gerichtet sehen, deren Vortreflichkeit unser ganzes Zeitalter herausfoderte, ihres gleichen zu zeigen -- Aber meine Rache soll nicht ausbleiben.

KÖNIG.

Laßt euch das nichts von euerm Schlafe nehmen. Ihr müßt mich nicht für einen so phlegmatischen milchlebrichten Mann halten, der sich den Bart mit Gewalt ausrauffen läßt, und es für Kurzweil aufnimmt. Ihr sollt bald mehr hören. Ich liebte euern Vater, und liebe mich selbst, und dieses, hoff' ich, wird euch nicht zweifeln lassen -- Was giebts? Was Neues?

Ein Bote.

BOTE.

Briefe, Gnädigster Herr, vom Prinzen Hamlet. Diesen an Eu. Majestät, und diesen, an die Königin.

KÖNIG.

Von Hamlet? Wer brachte sie?

BOTE.

Matrosen, sagt man; ich sah sie nicht; die Briefe wurden mir von Claudio gegeben, der sie von ihnen empfieng.

KÖNIG.

Laertes, ihr sollt sie hören -- Verlaßt uns, ihr --

(Der Bote geht ab.)

»Durchlauchtiger und Großmächtiger! Dieses soll euch benachrichtigen, daß ich nakend in euer Königreich ausgesezt worden bin. Auf Morgen werd' ich mir die Erlaubniß ausbitten, eure Königliche Augen zu sehen; wo ich dann (in Hoffnung Verzeihung deßwegen zu erhalten) erzählen werde, was die Gelegenheit zu dieser schleunigen Wiederkunft gegeben hat.« Was soll dieses bedeuten? Sind die andern auch zurükgekommen? Ist es ein Kunstgriff -- oder ist gar nichts an der Sache?

LAERTES.

Kennt ihr die Hand?

KÖNIG.

Es ist Hamlets Handschrift -- Nakend, und hier sagt er in einem Postscript, allein -- Könnt ihr mir sagen, was ich davon denken soll?

LAERTES.

Ich begreiffe nichts davon, Gnädigster Herr; aber laßt ihn kommen; mein Herz lebt wieder auf von dem Gedanken, daß ich es erleben werde, ihm in seine Zähne zu sagen, das thatest du --

KÖNIG.

Wenn es so ist, Laertes -- ob ich gleich eben so wenig begreiffe daß es ist, als wie es anders seyn kan -- wollt ihr euch von mir weisen lassen?

LAERTES.

Ja, nur nicht daß ich ruhig bleiben soll.

KÖNIG.

Was ich vorhabe, wird dir zu deiner eignen Gemüths-Ruhe verhelfen; Wenn er nun wieder gekommen ist, weil ihm die Reise nicht anständig war, und er nicht gesinnt ist, sie von neuem zu unternehmen; so habe ich so eben etwas ausgedacht, das ihn unfehlbar zu seinem Fall befördern soll, ohne daß sein Tod den mindesten Vorwurf nach sich ziehen, noch seine Mutter selbst den Kunstgriff merken, sondern ihn dem blossen Zufall beymessen soll.

LAERTES.

Ich will mich weisen lassen, und desto lieber, wenn ihr es so einrichten könnet, daß ich das Werkzeug bin.

KÖNIG.

Das ist auch meine Meynung: Es ist seitdem ihr auf Reisen seyd, und zwar in Hamlets Gegenwart, oft von einer gewissen Geschiklichkeit gesprochen worden, worinn ihr ausserordentlich groß seyn sollt: Alle eure übrigen Gaben zusammengenommen, erwekten nicht so viel Eifersucht in ihm als diese einzige, die in meinen Augen die geringste unter allen ist.

LAERTES.

Was kan das seyn, Gnädigster Herr?

KÖNIG.

Eine blosse Feder auf dem Hute der Jugend, aber doch nöthig; denn die Jugend hat in der leichten und nachlässigen Liverey die sie trägt, nicht weniger Anstand als das gesezte Alter in seinen Pelzen und langen Ceremonien-Kleidern -- Es sind ungefehr zween Monate, daß ein junger Cavalier aus der Normandie hier war; die Normänner werden für gute Reiter gehalten; wie ich selbst gesehen habe, da ich ehmals gegen die Franzosen diente; aber bey diesem jungen Menschen dachte man, daß es nicht natürlich zugehe; er schien mit seinem Pferd zusammengewachsen, und wie ein Centaur, halb Mensch und halb Pferd zu seyn, so bewundernswürdig hatte er sich zum Meister desselben gemacht. Er übertraf alles, was man sich davon einbilden kan.

LAERTES.

Es war ein Normann?

König.

Ein Normann.

Laertes.

So soll's mein Leben gelten, wenn es nicht Lamond war.

König.

Der war's.

Laertes.

Ich kenne ihn wohl; er ist in der That der Ausbund und die Zierde der ganzen Nation.

König.

Dieser erzehlte uns von euch, und legte euch eine so bewunderns-würdige Geschiklichkeit in der Vertheidigungs-Kunst, besonders mit dem Rappier, bey, daß er behauptete, es würde ein Wunder seyn, wenn sich jemand finden sollte, der es mit euch aufnehmen dürfte. Er schwur, die besten Fechter seiner Nation hätten weder Behendigkeit, Auge noch Kunst, so bald sie es mit euch zu thun hätten -- Mein Herr, diese Erzählung vergiftete den Hamlet mit solchem Neid, daß er den ganzen Tag nichts anders that als wünschen und beten, daß ihr bald zurük kommen möchtet, um mit ihm zu fechten. Nun aus diesem --

Laertes.

Was wollt ihr aus diesem machen, Gnädigster Herr?

König.

Laertes, war euch euer Vater lieb? Oder seyd ihr nur ein Gemählde von einem Traurenden, ein Gesicht ohne Herz?

LAERTES.

Warum diese Fragen?

KÖNIG.

Nicht als ob ich denke, ihr liebtet euern Vater nicht, sondern weil ich weiß, daß die Liebe, wie alles andre, der Gewalt der Zeit unterworfen ist, daß sie in ihrer Flamme selbst eine Art von Dacht oder Wike hat, wovon sie endlich geschwächt und verdunkelt wird, und kurz, daß sie, wenn sie zu ihrer Stärke angewachsen ist, an ihrer eignen Vollblütigkeit sterben muß. Was wir thun wollen, sollten wir sogleich thun, wann wir es wollen; denn dieses Wollen ist veränderlich, und hat so viele Abfälle und Hindernisse als es Zungen, Hände und Umstände giebt, welche uns, wenn die Gelegenheit einmal versäumt ist, die Ausführung vielleicht so schwer machen, daß wir auch den Willen verliehren, so vielen Schwierigkeiten troz zu bieten. Doch, um das Geschwür aufzustechen -- Hamlet kommt zurük; was wäret ihr fähig zu unternehmen, um mehr durch Thaten als Worte zu zeigen, daß ihr euers Vaters Sohn seyd?

LAERTES.

Ihm die Gurgel in der Kirche abzuschneiden.

KÖNIG.

In der That sollte kein Plaz einen Mörder schüzen, noch der Rache Grenzen sezen; aber mein guter Laertes, wollt ihr das thun? Schließt euch in euer Zimmer ein. Hamlet soll bey seiner Wiederkunft hören, daß ihr nach Hause gekommen seyd: Wir wollen ihm Leute zuschiken, welche ein so grosses Lob von eurer Geschiklichkeit im Fechten machen, und so viel und so lange davon reden sollen, biß er es auf eine Wette ankommen lassen wird. Da er selbst edelmüthig, zuversichtlich, und von allen Kunstgriffen fern ist, wird er nicht daran denken, die Rappiere genau zu besehen, so daß ihr leicht durch ein bißchen Taschenspielerey einen Degen ohne Knopf mit euerm Rappier verwechseln, und durch einen geschikten Stoß euern Vater rächen könnt.

LAERTES.

Ich will es thun, und zu diesem Gebrauch meinen Degen mit einem Saft beschmieren, den ich von einem Marktschreyer gekauft habe; der so tödtlich ist, daß wenn man ein Messer nur darein taucht, keine Salbe, und wenn sie aus den heilsamsten Kräutern die unter dem Mond sind, gezogen wäre, denjenigen vom Tod erretten kan, der nur damit gerizt wird; mit diesem Gift will ich die Spize meines Degens nezen, damit auch die leichteste Wunde, die ich ihm beybringe, Tod sey.

KÖNIG.

Wir wollen diese Sache besser überlegen; Zeit und Umstände müssen abgewogen werden; und auf den Fall, daß uns dieser Anschlag in der Ausführung mißlingen sollte, müssen wir einen andern zum Rükenhalter haben. Sachte - - Laßt sehen - - Es soll eine feyrliche Wette über eure Geschiklichkeit angestellt werden - - Nun hab' ichs - - wenn ihr euch unterm Kampf erhizt habt, und er zu trinken begehrt, will ich einen Becher für ihn bereit halten; wovon er nur schlürfen darf, um unsre Absicht zu erfüllen, wofern er euerm Rappier entgeht.

*

ZEHNTE SCENE.

Die Königin zu den Vorigen.

KÖNIG.

Was giebt's, meine liebste Königin?

KÖNIGIN.

Ein Unglük tritt dem andern auf die Fersen, so schnell folgen sie auf einander: Eure Schwester ist ertrunken, Laertes.

LAERTES.

Ertrunken? Oh, wo?

KÖNIGIN.

Es ist eine gewisse Weide, am Abhang eines Wald-Stroms gewachsen, die ihr behaartes Laub in dem gläsernen Strom besieht. Hieher kam sie mit phantastischen Kränzen von Hahnen-Füssen, Nesseln, Gänse-Blümchen und diesen langen rothen Blumen, denen unsre ehrlichen Schäfer einen natürlichen Namen geben, unsre kalten Mädchens aber nennen sie Todten-Finger; wie sie nun an diesem Baum hinankletterte, um ihre Grasblumen-Kränze an die herabhangende Zweige zu hängen, glitschte der Boden mit ihr, und sie fiel mit ihren Kränzen in der Hand ins Wasser; ihre weitausgebreiteten Kleider hielten sie eine Zeit lang wie eine Wasser-Nymphe empor; und so lange das währte, sang sie abgebrochene Stüke aus alten Balladen, als eine die keine Empfindung ihres Unglüks hatte, oder als ob sie in diesem Element gebohren wäre; aber länger konnte es nicht seyn, als bis ihre Kleider so viel Wasser geschlukt hatten, daß sie durch ihre Schwere die arme Unglükliche von ihrem Schwanen-Gesang in einen nassen Tod hinabzogen.

LAERTES.

O Gott! So ist sie ertrunken!

KÖNIGIN.

Es ist allzuwahr.

LAERTES.

-- Lebet wohl, mein Gebieter -- meine weibische Thränen erstiken eine Rede von Feuer, welche eben auflodern wollte --

(Er geht ab.)

KÖNIG.

Kommt mit mir, Gertrude -- Wie viel hatte ich zu thun, seine Wuth zu besänftigen! Nun besorg ich, dieser Umstand wird sie von neuem anflammen -- Wir wollen ihm folgen.

(Sie gehen ab.)

*

Fünfter Aufzug.

ERSTE SCENE.

Ein Kirch-Hof.

Zween Todtengräber mit Grabscheitern und Spaten treten auf.

1. TODTENGRÄBER.

Kan sie denn in ein Christliches Begräbniß gelegt werden, wenn sie eigenmächtig ihre *Salvation* gesucht hat?

2. TODTENGRÄBER.

Ich sage dir's ja, sie kan; mach also ihr Grab unverzüglich; die Obrigkeit hat es durch einen Commissarius und Geschworne untersuchen lassen, und gefunden, daß sie wie andre Christen begraben werden soll.

1. TODTENGRÄBER.

Das kan nicht seyn, sie müßte sich denn zu ihrer Selbstvertheidigung ertränkt haben?

2. TODTENGRÄBER.

So hat sich's eben befunden.

1. TODTENGRÄBER.

Es muß *se offendendo* geschehen seyn, anders ist's nicht möglich. Denn da stekt der Knoten: Wenn ich mich selbst wissentlich ertränke, so zeigt das einen *Actum* an; ein *Actus* aber hat drey Zweige: Beginnen, thun und vollbringen; *ergel*, ersäufte sie sich selbst wissentlich.

2. TODTENGRÄBER.

Nein, hört mich nur an, Gevatter --

1. TODTENGRÄBER.

Mit Erlaubniß; seht einmal, hier liegt das Wasser, gut; hier steht der Mann, gut: Wenn nun der Mann zu diesem Wasser geht und ertränkt sich, so muß er eben, woll' er oder woll' er nicht, dran glauben; gebt wol Acht auf das: Aber wenn das Wasser zu ihm kommt und ertränkt ihn, so ertränkt er sich nicht selbst; *ergel*, hat der, der keine Schuld an seinem eignen Tode hat, sich das Leben nicht selbst abgekürzt.

2. TODTENGRÄBER.

Aber sagt das Gesez das?

1. TODTENGRÄBER.

Sapperment, ja wohl, sagt es: Das müssen ja die Geschwornen verstehen, die es untersucht haben --

2. TODTENGRÄBER.

Willt du wissen, wo der Hase im Pfeffer liegt? Wenn sie kein Gnädiges Fräulein gewesen wäre, sie würde gewiß ihre Lebtage in kein Christliches Grab gekommen seyn.

1. TODTENGRÄBER.

Wie, du magst mir wol recht haben. Aber desto schlimmer, daß die vornehmen Leute in der Welt mehr Recht haben sollen, sich zu hängen oder zu ersäuffen als ihre Neben-Christen! Komm, meine Spate, her! es sind doch keine ältere Edelleute als Gärtner, und Todten-Gräber; sie haben ihre Profession von Adam her.

2. TODTENGRÄBER.

War der ein Edelmann?

1. TODTENGRÄBER.

Der erste, der jemals armirt gewesen ist.

2. TODTENGRÄBER.

Wie so, das?

1. TODTENGRÄBER.

Wie, bist du denn ein Heid? Verstehst du die Schrift nicht? Die Schrift sagt, Adam habe gegraben: Hätt' er graben können, wenn er keine *Arme* gehabt hätte? Ich will dir noch eine Frage vorlegen; wenn du mir die rechte Antwort darauf giebst, so bekenne --

2. TODTENGRÄBER.

Was ist's dann?

1. TODTENGRÄBER.

Wer ist der, der stärker baut als Maurer und Zimmermann?

2. TODTENGRÄBER.

Das ist der Galgen-Macher; denn dessen sein Gebäu überlebt tausend Innhaber.

1. TODTENGRÄBER.

Dein Einfall gefällt mir nicht übel, in der That; der Galgen schikt sich wol: Aber wie schikt er sich wol? Er schikt sich wol für diejenigen die Uebels thun; nun thust du übel zu sagen, der Galgen sey stärker gebaut als die Kirche; *ergel*, mag sich der Galgen wol für dich schiken. Zur Sache, komm.

2. TODTENGRÄBER.

Wer stärker baue als Maurer und Zimmermann?

1. TODTENGRÄBER.

Ja, wenn du mir das sagen kanst, so will ich dich gelten lassen.

2. TODTENGRÄBER.

Beym Element, nun kan ich dir's sagen.

1. TODTENGRÄBER.

Nun, so sage --

2. TODTENGRÄBER.

Nein, Sakerlot, ich kan nicht.

Hamlet und Horatio treten in einiger Entfernung von den Todtengräbern auf.

1. TODTENGRÄBER.

Gieb's lieber auf, dein Esel wird doch nicht schneller gehen, du magst ihn schlagen wie du willt; und wenn dich einer einmal wieder fragt, so sage, der Todtengräber. Denn die Häuser, die er macht, dauren bis zum jüngsten Tag: Geh einmal zum rothen Roß, und hol mir ein Glas Brandtwein.

(Der 2te Todtengräber geht ab.)

Der erste Todtengräber gräbt und singt ein Liedchen dazu.

HAMLET.

Hat dieser Bursche kein Gefühl von seinem Geschäfte, daß er zum Grabmachen singen kan?

HORATIO.

Die Gewohnheit hat ihn so verhärtet, daß er bey einer solchen Arbeit gutes Muths seyn kan.

HAMLET. *(Indem der Todtengräber immer singend einen Schedel aufgräbt.)*

Dieser Schedel hatte einst eine Zunge, und konnte singen -- wie ihn der Schurke in den Boden hinein schlägt, als ob es Cains des ersten Mörders Kinnbaken wäre! und doch war der Schedel mit dem dieser Esel izt so übermüthig zu Werke geht, vielleicht der Hirnkasten eines Staatsmanns, eines von diesen Herren, die unserm Herrn Gott selbst einen Nebel vormachen möchten; nicht so?

HORATIO.

Es ist möglich, Gnädiger Herr --

HAMLET.

Oder eines Höflings, der sagen konnte: Guten Morgen, mein liebster Lord; wie befindet sich Euer Herrlichkeit? Es kan Milord der und der gewesen seyn, der Milord dessen seinem Pferd eine Lobrede halten konnte, wenn er's ihm gerne abgebettelt hätte; nicht so?

HORATIO.

Ja, Gnädiger Herr.

HAMLET.

Nicht anders; und nun ist Milady Wurm von allen ihren Anbetern verlassen, und muß sich von eines Todtengräbers Spate aus dem Boden herausschlagen lassen. Hier ist eine hübsche Revolution, wenn wir den Verstand hätten sie zu sehen -- Hier ist ein andrer: Kan das nicht der Schedel eines Rechtsgelehrten gewesen seyn? Wo sind nun seine Quidditäten und Qualitäten? Seine *Casus*? Seine Tituls? Seine Ränke? Warum leidet er, daß ihn dieser grobe Geselle mit seiner kothigen Schaufel aus seiner Retirade herausklopfen darf, ohne eine Action gegen ihn anzustellen? --(*) Ich muß mit diesem Burschen reden. Wessen Grab ist das, Bursche?

(*) Hamlet sezt im Original diese kühlen Betrachtungen noch länger fort, indem er sich vorstellt, daß es der Schädel eines reichen Landsässen gewesen sey; man hat es aber unmöglich gefunden, diese Stelle, deren gröster Nachdruk in etlichen Wortspielen besteht, zu übersezen; und man würde diese ganze Scene eben sogern ausgelassen haben, wenn man dem Leser nicht eine Idee von der berüchtigten Todtengräber-Scene hätte geben wollen.

TODTENGÄRBER.

Meines, Herr -- *(er fängt wieder an zu singen.)*

HAMLET.

Ich denk' es ist dein, denn du lügst darinn.

TODTENGRÄBER.

Und ihr lügt daraus, Herr, und also ist es nicht euers -- *(Hier folgen noch etliche elende Reden, wovon das sinnreiche in dem Wortspiel mit* lie, *welches Liegen und Lügen bedeutet, liegt.)*

HAMLET.

Ich frage, wie der Mann heißt, für den du das Grab machst?

TODTENGRÄBER.

Ich mach es für keinen Mann, Herr.

HAMLET.

Für was für eine Frau dann?

TODTENGRÄBER.

Auch für keine Frau.

HAMLET.

Wer soll dann darinn begraben werden?

TODTENGRÄBER.

Eine die in ihrem Leben ein Weibsbild war, aber, Gott tröst ihre Seele! nun ist sie todt.

HAMLET.

Was für ein determinierter Schurke das ist! In was für einer Sprache müssen wir mit ihm reden, daß er uns nicht mit Zweydeutigkeiten stumm mache? Bey Gott, Horatio, ich habe diese drey Jahre her beobachtet, daß die Welt so spizfündig worden ist, daß der Bauer seinen plumpen Wiz eben so hoch springen und so seltsame Gambaden machen läßt, als der wizigste von unsern Hofschranzen -- Wie lange bist du schon ein Todtengräber?

TODTENGRÄBER.

Unter allen Tagen im Jahr kam ich an dem Tag dazu, da unser verstorbner König Hamlet über den Fortinbras Meister wurde.

HAMLET.

Wie lang ist das?

TODTENGRÄBER.

Könnt ihr das nicht sagen? Das kan ein jeder Narr sagen: Es war auf den nemlichen Tag, da der junge Hamlet auf die Welt kam, der närrisch wurde, und nach England geschikt worden ist.

HAMLET.

Was, zum Henker! und warum wurde er nach England geschikt?

TODTENGRÄBER.

Warum? weil er närrisch worden ist; er soll dort seine fünf Sinnen wieder kriegen; oder wenn er sie nicht wieder kriegt, so hat es dort nicht viel zu bedeuten.

HAMLET.

Warum das?

TODTENGRÄBER.

Man wird es nicht an ihm gewahr werden; denn dort sind die Leute eben so närrisch als er.

HAMLET.

Wie wurde er dann närrisch?

TODTENGRÄBER.

Auf eine gar seltsame Art, sagt man.

HAMLET.

Wie so, seltsam?

TODTENGRÄBER.

Sapperment, er wurde eben ein Narr, weil er seinen Verstand verlohr.

HAMLET.

Aus was für einem Grund?

TODTENGRÄBER.

Wie, hier, in Dännemark. Ich bin hier Todtengräber gewesen, von meinen jungen Jahren an bis izt, diese dreissig Jahre.

HAMLET.

Wie lange kan wol ein Mensch in der Erde liegen, bis er verfault?

TODTENGRÄBER.

Wenn er nicht schon faul ist, eh er stirbt (wie wir denn heut zu Tag manche Leichen haben, die kaum so lange halten, bis sie unterm Boden sind) so kan er euch acht bis neun Jahre dauren; ein Loh-Gerber dauert euch seine neun Jahre.

HAMLET.

Warum ein Loh-Gerber länger als andre Leute?

TODTENGRÄBER.

Warum, Herr? weil seine Haut von seiner Profession so gegerbt ist, daß sie das Wasser länger aushält. Denn es ist nichts das einem todten Körper eher den Garaus macht als Wasser. Hier ist ein Schedel, der nun bereits drey und zwanzig Jahre im Boden liegt.

HAMLET.

Wessen war er?

TODTENGRÄBER.

Es war ein vertrakter Bursche, dem er gehörte; wer denkt ihr daß es war?

HAMLET.

Ich weiß es nicht.

TODTENGRÄBER.

Daß die Pestilenz den Schurken! Er goß mir einmal eine Flasche mit Rheinwein über den Kopf. Dieser nemliche Schedel, Herr, war Yoriks Schedel, des Königlichen Hofnarrens.

HAMLET.

Dieser?

TODTENGRÄBER.

Dieser nemliche.

HAMLET.

Ach der arme Yorik. Ich kannte ihn, Horatio, es war der kurzweiligste Kerl von der Welt; von einer unvergleichlichen Einbildungs-Kraft: Er hat mich viel hundertmal auf seinem Rüken getragen: Und nun, was für ein grausenhafter Anblik! Mein Magen kehrt sich davon um. Hier hiengen diese Lippen, die ich wer weiß wie oft küßte. Wo sind nun deine Scherze? Deine Sprünge? Deine Liedchen? Wo sind die schnakischen Einfälle, welche die Tafel mit brüllendem Gelächter zu erschüttern pflegten? Ist dir nicht ein einziger übrig geblieben, um über dein eignes Grinsen zu spotten? Nun geh mir einer in Mylady's Schlaf-Zimmer, und sag ihr; und wenn sie sich einen Daumen dik übermahle, so müß' es doch zulezt *dazu* mit ihr kommen --

Ich bitte dich, Horatio, antworte mir nur auf Eine Frage --

HORATIO.

Was ist es, Gnädiger Herr?

HAMLET.

Denkst du, Alexander habe auch so im Boden ausgesehen?

HORATIO.

Eben so.

HAMLET.

Und so gerochen? Fy!

(Er riecht an dem Schedel.)

HORATIO.

Ja, Gnädiger Herr.

HAMLET.

Zu was für einer unedeln Bestimmung können wir endlich herabsinken, Horatio! Können wir nicht in unsrer Einbildung Alexanders edlem Staube folgen, bis wir ihn an einem Ort finden, wo er ein Spund-Loch stoppt?

HORATIO.

Eine solche Betrachtung wäre gar zu spizfündig.

HAMLET.

Nein, gar nicht, im geringsten nicht: Die Betrachtung ist ganz natürlich: Alexander starb, Alexander wurde begraben, Alexander wurde zu Staub; der Staub ist Erde; aus der Erde machen wir Laim; und konnte mit diesem Laim, worein er verwandelt wurde, nicht eine Bier-Tonne gestoppt werden? Und so kan der Welt-

Bezwinger Cäsar eine Spalte in einer Mauer gegen den Wind gestoppt haben. Aber sachte! Sachte eine Weile -- da kommt der König --

*

ZWEYTE SCENE.

Der König, die Königin, Laertes, und ein Sarg mit einem Trauer-Gefolge von Hofleuten, Priestern, u. s. w.

HAMLET.

Die Königin -- ein Gefolge von Hofleuten -- Was ist das, was sie begleiten? und warum mit so wenig Ceremonien? Das zeigt, daß die Leiche, so sie begleiten von jemand ist, der gewaltthätige Hand an sich selbst gelegt hat -- Es muß eine Person von Stande gewesen seyn -- wir wollen uns ein wenig entfernt halten und acht geben.

LAERTES.

Die übrigen Ceremonien?

HAMLET.

Das ist Laertes, ein sehr edler junger Mann: gieb acht --

LAERTES.

Die übrigen Ceremonien?

PRIESTER.

Ihre Obsequien sind so weit ausgedehnt worden, als wir ermächtiget sind; ihr Tod war zweifelhaft; und hätte der Königliche Befehl die Ordnung nicht übermocht, so sollte sie in einem ungeweihten Boden bis zum Schall der lezten Trompete ihr Lager gehabt haben; statt mildherziger Fürbitten sollten Scherben, und Kieselsteine auf sie geworfen worden seyn; nun wird sie mit jungfräulichen Ehrenzeichen, unter Gesang und Gloken-Geläut bestattet.

LAERTES.

Und ist das alles was gethan werden soll?

PRIESTER.

Es ist alles was gethan werden kan; es würde Entheiligung seyn, ihr ein *requiem* zu singen, und ihr die lezte Ehre die nur Seelen die im Frieden abgeschieden sind, gebührt, zu erstatten.

LAERTES.

Legt sie in die Erde; und aus ihrem schönen und unbeflekten Fleisch mögen Violen hervorkeimen! Ich sage dir, hartherziger Priester, meine Schwester wird ein Engel des himmlischen Thrones seyn, wenn du heulend im Abgrund liegst.

HAMLET.

Wie? die schöne Ophelia?

KÖNIGIN.

Das lezte lebe wohl, angenehme Schöne! Ich hoffte, du solltest meines Hamlets Weib werden; ich dachte einst dein Braut-Bette zu deken, holdes Mädchen, nicht dein Grab mit Blumen zu bestreuen.

LAERTES.

O dreyfaches Weh falle zehnfältig dreymal über das verfluchte Haupt, dessen gottlose That dich deiner schönen Vernunft beraubte. Haltet noch ein, bis ich sie noch einmal in meine Arme geschlossen habe. *(Er springt in das Grab.)* Nun werft euern Staub über den Lebenden und Todten, bis ihr aus dieser Ebne ein Gebürge gemacht habt, das den alten Pelion und den Himmelberührenden Olimpus übergipfle.

HAMLET, *(der sich zu erkennen giebt.)*

Wer ist der, dessen Schmerz sich so emphatisch ausdrukt? Dessen Trauer-Töne die irrenden Sterne beschwören und sie zwingen, von Erstaunen gefesselt, stille zu stehn und zu horchen? Der bin ich, Hamlet, der Dähne.

(Er springt in das Grab.)

LAERTES.

Der Teufel hole deine Seele!

(Er ringt mit ihm.)

HAMLET.

Du betest nicht schön. Ich bitte dich, deine Finger von meiner Gurgel weg! -- Wenn ich gleich nicht splenetisch und jähzornig bin, so hab ich doch etwas gefährliches in mir, wovor du dich hüten magst, wenn du klug bist. Deine Hand zurük.

KÖNIG.

Reißt sie von einander --

KÖNIGIN.

Hamlet, Hamlet --

HORATIO.

Mein gnädigster Prinz, halltet euch zurük --

(Die Umstehenden machen sie von einander loß.)

HAMLET.

Was, ich will über diese Materie mit ihm fechten, bis meine Auglider nicht länger niken können.

KÖNIGIN.

O mein Sohn! was für eine Materie?

HAMLET.

Ich liebte Ophelien; vierzigtausend Brüder könnten mit aller ihrer Liebe zusammen genommen die Summe der meinigen nicht aufbringen. Was willt du für sie thun?

KÖNIG.

O er ist rasend, Laertes --

KÖNIGIN.

Um Gottes willen, habt Geduld mit ihm.

HAMLET.

Komm, zeig mir, was du thun willt. Willt du weinen? Willt du fechten? Willt du fasten? Dich selbst zerfezen? Willt du Wein-Essig trinken, ein Crocodil verschlingen? Ich will es thun -- Kamst du nur hieher, zu weinen? Vor meinen Augen in ihr Grab zu springen? Laß dich lebendig mit ihr begraben; ich will es auch; und wenn du von Bergen schwazest, so laß sie Millionen Jaucharten auf uns werfen, bis die auf uns liegende Erde, den Ossa zu einem Maulwurfs-Hauffen macht! Wahrhaftig! Wenn du großsprechen willt, so kan ich das Maul so voll nehmen wie du.

KÖNIGIN.

Er spricht in tollem Muth, und so wird der Paroxismus eine Weile auf ihn würken; aber auf einmal wird, so geduldig als die weibliche Daube, eh ihre goldbehaarten Jungen ausgekrochen sind, sein Stillschweigen brütend sizen.

HAMLET.

Hört ihr, Herr -- was ist die Ursache, daß ihr mir so begegnet? Ich liebte euch allezeit: Aber es hat nichts zu sagen. Laßt den Hercules selbst thun was er kan, die Kaze muß mauen und der Hund seinen Lauf haben --

(Er geht ab.)

KÖNIG.

Ich bitte euch, guter Horatio, habet acht auf ihn. *(Horatio geht ab.) (zu Laertes.)* Stärket eure Geduld durch unsre lezte Abrede. Wir wollen uns nicht länger säumen, die Hand an die Ausführung zu legen -- Liebe Gertrude, gebet eurem Sohn einige Hüter zu -- Dieses Grab soll ein würdiges Denkmal bekommen -- Und nun wollen wir unsrer Ruhe eine Stunde schenken.

(Sie gehen ab.)

*

DRITTE SCENE.

Verwandelt sich in eine Halle im Palast.

Hamlet und Horatio treten auf.

Hamlet erzehlt seinem Vertrauten, auf was Weise er den Inhalt der königlichen Commission, womit Rosenkranz und Güldenstern beladen waren, entdekt und vereitelt habe. Da diese ganze Scene nur zur Benachrichtigung der Zuhörer dient, so wären zwey Worte hinlänglich gewesen, ihnen zu sagen was sie ohnehin leicht erraten könnten. Hamlet hatte Ursache ein Mißtrauen in die Absichten des Königs bey seiner Versendung nach England zu sezen. Er schlich sich also während daß die beyden Gesandten schliefen, in ihre Cajute, fingerte ihr Pakett weg, zog sich damit in sein eigenes Zimmer zurük, erbrach das königliche Sigel und fand einen gemeßnen Befehl an den Englischen König, vermöge dessen dem Hamlet sobald er angelangt seyn würde, der Kopf abgeschlagen werden sollte -- Er stekte dieses Papier zu sich, und sezte sich hin, eine andre Commission zu schreiben, worinn der König aufs ernstlichste beschwohren wurde, so lieb ihm die Freundschaft Dännemarks (von welchem England damals abhängig war) sey, die Ueberbringer dieses Schreibens unverzüglich aus dem Wege räumen zu lassen. Zu gutem Glüke hatte er seines Vater Signet in *der Tasche; und zu noch grösserm Glük war es dem grossen dähnischen Sigel vollkommen gleich; er faltete also dieses Schreiben eben so wie das erste, unterschrieb und sigelte es, und legte es so geschikt an die Stelle des andern, daß Rosenkranz und Güldenstern die Verwechslung nicht gewahr wurden, und also bey ihrer Ankunft in England wie Bellerophon, ihr eigenes Todesurtheil überlieferten. Horatio findet hiebey bedenklich, daß dieser mißlungene Ausgang des Königlichen Bubenstüks nicht lange verborgen bleiben könne. Hamlet beruhiget sich hierüber daß doch die Zwischen-Zeit sein sey, und nicht mehr als ein Augenblik erfordert werde, dem Leben eines Menschen ein Ende zu machen. Indessen bedaurt er, daß er sich durch den Affect habe hinreissen lassen, den Laertes zu beleidigen, und nimmt sich vor, daß er sich bemühen wolle, seine Freundschaft wieder zu erlangen. (*)*

(*) Man kan hieraus schliessen, daß Hamlet Absichten gegen den König gehabt habe; es war aber doch nichts bestimmtes, kein Entwurf, wobey er sich seiner eignen Sicherheit und eines glüklichen Ausgangs hätte versichert halten können - - Hamlet soll und will seinen Vater rächen - - Dieser Wille beherrscht ihn vom ersten Actus des Stüks bis zum Ende, ohne daß er jemals selbst weiß, oder nur daran denkt wie er dabey zu Werke gehen wolle - - Allein wir haben längst gesehen, daß die Anlegung der Fabel, die Verwiklung und die Entwiklung derselben gerade die Stüke sind, worinn unser Poet schwerlich jemand unter sich hat. Indessen gefällt doch dem Englischen Parterre kein Stük ihres Shakespears mehr als dieses. Man sollte sagen, es simpathisiere mit ihnen. Der Humor des Hamlet (Denn das was ihn in dem ganzen Lauf des Stüks beherrscht, ist viel weniger Leidenschaft als Laune) diese kalte, raisonnirende oder richtiger zu reden, phantasirende Melancholie, die nur dann und wann in plözliche und eben so schnell wieder sinkende Wind-Stösse von Leidenschaft ausbricht, diese Gleichgültigkeit gegen sein eigens Leben, welche das grosse Vorhaben der Rache, wovon seine Seele geschwellt ist, dem ungefehren Zufall überlaßt, und es nicht der Mühe werth hält einen Plan anzulegen oder Präcautionen zu nehmen, um nicht selbst in den Fall seines Feindes verwikelt zu werden - - Alles dieses sind Züge, worinn Engländer ihr eignes Bild zu sehr erkennen, um nicht weit stärker davon interessiert zu werden, als durch die idealischen Charakters und die starken soutenierten Leidenschaften der Helden des Corneille. Shakespears Helden, zumal seine Lieblings-Helden, sind alle *Humoristen*, und vermuthlich ist

VIERTE SCENE.

Oßrik des Königs Hofnarr, kommt dem Hamlet zu melden, der König habe eine Wette mit Laertes angestellt, daß ihm Hamlet im Fechten überlegen sey. Diese Scene ist mit der unübersezlichen Art von Wiz, Wortspielen und Fopperey angefüllt, worinn unser Autor seine damaligen Rivalen eben so weit als an Genie und an wahren Schönheiten hinter sich ließ. Nach einem langen Ball-Spiel mit Wiz, unter welchen einige Satyrische Züge gegen die gezwungene und precieuse *Hof-Sprache der damaligen Zeit mit einlauffen, fertigt Hamlet den Narren mit der Antwort an den König ab, daß er auf der Stelle bereit sey, den Wett-Kampf mit Laertes zu unternehmen. Bald darauf tritt ein Herr vom Hofe auf, und kündigt an, daß der König, die Königin, und der ganze Hof im Begriff seyen zu kommen und dem Wett-Kampf beyzuwohnen. Er sezt hinzu: Die Königin ersuche den Prinzen, vor Anfang des Gefechts sich eine Weile mit Laertes auf einen freundschaftlichen Fuß zu unterhalten. Hamlet verspricht es zu thun, und der Höfling geht ab.*

HORATIO.

Ich besorge ihr verliehret die Wette Gnädiger Herr.

HAMLET.

Ich glaub es nicht; ich bin, seit dem er nach Frankreich gieng, in beständiger Uebung gewesen, ich halte mich des Siegs gewiß. Aber du kanst dir nicht vorstellen, wie übel mir allenthalben hier ums Herz ist -- Allein das hat nichts zu bedeuten.

HORATIO.

Ich denke nicht so, mein liebster Prinz.

---

dieses eine Haupt-Ursache, warum ungeachtet Sprache, Sitten und Geschmak sich seit seiner Zeit so sehr verändert haben, dieser Autor doch für seine Landsleute immer neu bleibt, und etwas weit anzügelichers für sie hat, als alle die neuern, welche nach französischen Modellen gearbeitet haben.

HAMLET.

Es ist nichts, blosse Kinderey; und doch wär es vielleicht genug, um ein Weibsbild unruhig zu machen.

HORATIO.

Wenn euch euer Herz eine geheime Warnung giebt, so folgt ihm. Ich will ihnen entgegen gehen, und sagen, ihr seyd izo nicht disponiert.

HAMLET.

Nein, nein, ich halte nichts auf Ahnungen; die Vorsehung erstrekt sich bis über den Fall eines Sperlings. Ist es izt, so ist es nicht ein andermal; ist es nicht ein andermal, so ist es izt; und ist es nicht izt, so wird es ein andermal seyn -- Alles kommt darauf an, daß man bereit sey.

*

FÜNFTE SCENE.

Der König, die Königin, Laertes und eine Anzahl Herren vom Hofe, Oßrik und einige Bedienten mit Rappieren und Fecht-Handschuhen. Ein Tisch und Flaschen mit Wein darauf.

KÖNIG.

Kommt, Hamlet, kommt, und nemmt diese Hand von mir. *(Er giebt ihm des Laertes Hand.)*

HAMLET.

Ich bitte um eure Vergebung, mein Herr, ich habe euch bleidiget; aber vergebet mirs und versichert mich dessen als ein Edelmann. Alle Gegenwärtigen wissen, und ihr müßt es gehört haben, mit was für einer unglüklichen Gemüths-Krankheit ich gestraft bin. Was ich gethan habe, das in euch Natur, Ehre und Rache gegen mich aufreizen möchte, hat, ich erklär' es hier öffentlich, meine Raserey gethan; Es war nicht Hamlet der euch beleidigte -- Hamlet war nicht er selbst, da er es that, er verabscheut die That seiner Raserey; sie ist der Beleidiger, er auf der Seite der Beleidigten; seine Raserey ist des armen Hamlets Feind. Laßt also meine feyerliche Erklärung daß ich keinen Vorsaz hatte, übels zu thun, mich so fern in euern edelmüthigen Gedanken frey sprechen, als ob ich meinen Pfeil über ein Haus geschossen, und meinen Bruder verwundet hätte.

LAERTES.

Ich bin befriedigt, in so fern ich Sohn und Bruder bin, Namen, die in diesem Fall mich am meisten zur Rache auffordern; Aber als ein Edelmann, kan und will ich keine Versöhnung eingehen, bis ich von einigen ältern und bewährten Richtern dessen was die Ehre fodert, die Versicherung erhalten habe, daß ich es ohne meinen Namen zu entehren thun könne. Inzwischen nehme ich, bis dahin, eure angebottne Freundschaft als Freundschaft an, und will sie nicht mißbrauchen.

HAMLET.

Ich bin zufrieden, und auf diesen Fuß bin ich bereit, diesen freundschaftlichen Wett-Kampf zuversichtlich zu bestehen. Gebt uns die Rappiere.

LAERTES.

Kommt, eins für mich.

HAMLET.

Ich werde eure Folie seyn, Laertes; eure Kunst wird aus meiner Unwissenheit desto feuriger hervorstralen, wie ein Stern aus der Finsterniß der Nacht; in der That.

LAERTES.

Ihr scherzet, mein Herr.

HAMLET.

Nein, bey dieser Hand.

KÖNIG.

Gebt ihnen Rappiere, Oßrik. Hamlet, ihr wisset, worauf ich gewettet habe?

HAMLET.

Ich weiß es, Gnädigster Herr; Eure Majestät hat sich in Gefahr gesezt, zu verliehren.

KÖNIG.

Ich besorge nichts; ich habe euch beyde fechten gesehen, weil er aber indessen stärker worden ist, so haben wir das Gewette angestellt.

LAERTES.

Dieses Rappier ist zu schwer, laßt mich ein anders sehen.

HAMLET.

Das meine ist mir ganz recht; diese Rappiere haben alle die rechte Länge.

KÖNIG.

Füllt mir diese Dekel-Gläser mit Wein! Wenn Hamlet den ersten oder zweyten Stoß beybringt, oder bis zum dritten sogleich erwiedert, so laßt alle Canonen loßfeuren; der König wird auf Hamlets bessern Athem trinken, und in den Becher soll eine Perle geworfen werden, reicher als die kostbarste die jemals ein dänischer König in seiner Crone getragen hat. Gebt mir die Becher: Und laßt es die Kessel-Pauken den Trompeten kundmachen, die Trompeten den Canonieren draussen, die Canonen dem Himmel, die Himmel der Erde, daß der König auf Hamlets Gesundheit trinke -- Komt, fangt an, und ihr Herren Richter, habt gute Acht.

HAMLET.

Kommt dann, mein Herr.

LAERTES.

Wohlan, Gnädiger Herr --

(Sie fechten.)

HAMLET.

Einer --

LAERTES.

Nein --

HAMLET.

Thut den Ausspruch --

OSSRIK.

Ein Stoß, und das ein ziemlich fühlbarer.

LAERTES.

Gut -- Noch einmal --

KÖNIG.

Haltet ein -- zu trinken! Hamlet, diese Perle ist dein -- Auf deine Gesundheit! -- Gebt ihm den Becher --

(Trompeten und Pauken und mit Salve von Geschüz.)

HAMLET.

Ich will diesen Gang erst ausfechten -- Sezt ihn indessen hin -- *(sie fechten)* -- Wohlan -- wieder einen Stoß -- was sagt ihr?

LAERTES.

Gestreift, gestreift, ich gesteh' es.

KÖNIG.

Unser Sohn wird gewinnen.

KÖNIGIN.

Er ist zu fett und von zu kurzem Athem. Hier Hamlet, nimm mein Schnupftuch und wische dir die Stirne -- Die Königin trinkt dirs zu, Hamlet, auf dein gutes Glük! --

(Sie trinkt aus dem Becher, der für Hamlet bestimmt war.)

HAMLET.

Gütige Mutter --

KÖNIG.

Gertrude trinkt nicht --

KÖNIGIN.

Ich will, mein Herr; ich bitte euch um Vergebung.

KÖNIG *(vor sich.)*

Es ist der vergiftete Becher; nun ist's zu spät --

HAMLET.

Ich darf noch nicht trinken, Gnädige Frau; eine kleine Geduld --

KÖNIGIN.

Komm, laß mich dein Gesicht abwischen.

LAERTES.

Diesesmal will ich ihm gewiß eins anbringen.

KÖNIG.

Ich glaub es nicht.

LAERTES *(bey Seite.)*

Und doch ist es fast gegen mein Gewissen.

HAMLET.

Kommt, den dritten Gang, Laertes; ihr tändelt nur; ich bitte euch, gebraucht euch eurer äussersten Stärke; ich sorge ihr wollt mich nur zu sicher machen.

LAERTES.

Sagt ihr das? Wohlan dann.

(Sie fechten.)

OSSRIK.

Es hat noch keiner nichts --

LAERTES.

Da habt es dann --

(Laertes verwundet Hamleten; hernach verwechseln sie in der Hize des Gefechts die Rappiere, und Hamlet verwundet den Laertes.)

KÖNIG.

Trennet sie, sie gerathen in Hize.

HAMLET.

Nein, noch einmal --

OSSRIK.

Seht zu der Königin hier, ho!

HORATIO.

Sie bluten beyde -- Wie geht's euch, Gnädigster Herr?

OSSRIK.

Wie steht's um euch, Laertes?

LAERTES.

Wie eine Schneppe in meiner eignen Schlinge, Ossrik; billig sterb' ich durch das Werkzeug meiner schnöden Verrätherey.

HAMLET.

Was macht die Königin --

KÖNIG.

Es ist nur eine Ohnmacht, weil sie Blut gesehen hat.

KÖNIGIN.

Nein, nein, der Trank, der Trank -- O mein theurer Hamlet! der Trank, der Trank -- Ich bin vergiftet --

(Die Königin stirbt.)

HAMLET.

O Abscheulichkeit! he! laßt die Thüren verrigelt werden: Verrätherey! wer ist der Thäter --

LAERTES.

Hier ist er; Hamlet, du bist des Todes, kein Arzneymittel in der Welt kan dich retten. Du hast für keine halbe Stunde mehr Leben in dir, das verräthrische Werkzeug ist in deiner Hand, ohne Knopf und vergiftet; der schändliche Kunstgriff ist mein eignes Verderben worden. Sieh, hier lieg ich, um nicht mehr aufzustehen; deine Mutter ist vergiftet; ich kan nicht mehr -- Der König, der König hat die Schuld.

HAMLET.

Und diß Rappier auch vergiftet? Nun, Gift, so thu was du kanst --

(Er ersticht den König.)

ALLE.

Verrätherey! Verrätherey!

KÖNIG.

O helft, meine Freunde, vertheidiget mich, ich bin nur verwundet --

HAMLET.

Hier, du blutschändrischer, mördrischer, verdammter Dähne, trink diesen Becher aus -- ist die Perle hier? Folge meiner Mutter --

(Der König stirbt.)

LAERTES.

Er hat empfangen was er verdient hat. Er selbst mischete das Gift. Laß uns einander verzeihen, edler Hamlet; mein und meines Vaters Tod komme nicht über dich, noch deiner über mich!

(Er stirbt.)

HAMLET.

Der Himmel mög' ihn dir nicht zurechnen! Ich bin des Todes, Horatio -- Unglükliche Königin, Adieu! -- Ihr, die ihr mit erblaßten Gesichtern umhersteht, und vor Entsezen über diesen Vorfall zittert; ihr, die ihr nur die stummen Personen oder die Zuhörer bey diesem Trauerspiel seyd -- hätte ich nur Zeit -- aber der Tod liegt zu hart auf mir -- oh, ich könnte euch Dinge sagen -- laß es seyn! -- Horatio, ich sterbe; du lebst, dir überlaß ich meine Ehre und meine Rechtfertigung bey den Unberichteten.

HORATIO.

Das glaubt nicht, daß ich leben werde -- Ich bin mehr ein alter Römer als ein Dähne -- Hier ist noch von dem Trank übrig.

HAMLET.

Wenn du ein Mann bist, so gieb mir den Becher; laß gehen; beym Himmel, ich will ihn haben. O mein redlicher Horatio, was für einen verwundeten Namen, werd' ich bey diesen Umständen hinter mir lassen! Wenn du mich jemals in deinem Herzen getragen hast, so verbanne dich selbst noch eine Weile von der Glükseligkeit, und schleppe dich noch so lange in dieser mühseligen Welt, bis du mein Andenken gerechtfertiget hast. *(Man hört einen Marsch und bald darauf ein Salve hinter der Scene.)* Was für ein kriegrisches Getöse ist das?

*

SECHSTE SCENE.

Oßrik tritt auf.

OSSRIK.

Der junge Fortinbras, welcher siegreich von Pohlen zurük kommt, beehrt die Abgesandten von England mit diesem kriegerischen Gruß.

HAMLET.

O ich sterbe, Horatio; die Stärke des Gifts überwältigt meinen Geist: Ich kan nicht so lange leben, die Nachrichten aus England zu hören. Aber ich sehe vorher, daß die Wahl auf Fortinbras fallen wird; er hat meine sterbende Stimme: Das sag ihm mit allen den Umständen, die diesen Ausgang -- Es ist vorbey --

(Er stirbt.)

HORATIO.

Nun bricht ein edles Herz; gute Nacht, liebster Prinz, und Engels-Schwingen mögen dich zu deiner Ruhe tragen! -- Wie, die Trummeln kommen näher?

Fortinbras und die Englischen Gesandten, mit Trummeln, Fahnen, und Gefolge treten auf.

FORTINBRAS.

Was für ein Anblik ist das?

HORATIO.

Der kläglichste und ausserordentlichste, den eure Augen jemals sehen werden.

FORTINBRAS.

Vier fürstliche Leichen, todt und in ihrem Blut liegend -- O stolzer Tod, was für ein Gastmal giebst du in deiner höllischen Grotte, daß du so viele Prinzen mit einem Streich geschlachtet hast.

ABGESANDTEN.

Der Anblik ist entsezlich, und unsre Commission aus England kommt zu späte. Die Ohren sind fühlloß, die uns Audienz geben sollten. Wir sollten ihm melden, daß sein Befehl an Rosenkranz und Güldenstern vollzogen worden: Von wem werden wir nun unsern Dank erhalten?

HORATIO.

Nicht von diesem Munde *(des Königs)*, hätte er noch das Vermögen zu reden: Denn er gab niemals keinen Befehl daß sie sterben sollten. Allein, nachdem es sich nun gefüget hat, daß ihr beyderseits so schiklich, ihr von dem Polnischen Krieg und ihr von England, zu dieser blutigen Scene angekommen seyd; so gebet Befehl, daß diese Leichen auf einem erhöheten Gerüste ausgesezt werden, damit ich der Welt, für welche alles noch ein Geheimniß ist, sagen könne, wie diese Dinge sich zugetragen haben. Ihr werdet dann von grausamen, blutigen und unnatürlichen Thaten hören, wie einige durch verrätherische Ränke, andre durch den blossen Zufall, und wie am Ende die mißlungenen Anschläge auf ihrer Erfinder eignen Kopf gefallen sind. Von allem diesem kan ich umständliche und echte Nachricht geben.

FORTINBRAS.

Mich verlangt es zu hören -- Die Anstalten sollen gemacht, und der Adel zusammen beruffen werden. Was mich betrift so umarme ich mein Glük mit traurigem Herzen; ich habe einiges Recht an dieses Königreich, welches ich durch diese Zufälle nun geltend zu machen veranlaßt bin.

HORATIO.

Auch hievon hab ich zu reden, und aus einem Munde, dessen Stimme manche andre nach sich ziehen wird: Aber lasset die Anstalten unverzüglich gemacht werden, izt, da die Gemüther noch bestürzt und unfähig sind Entwürfe zu machen, die zu neuen Verwirrungen Anlaß geben könnten.

Fortinbras giebt Befehl, daß Hamlets Leiche unter kriegerischer Musik, von vier Hauptmännern auf das Gerüste getragen werde -- (Sie marschieren ab, und das Stük hört mit einem abermaligen Salve aus dem kleinen Geschüz auf.)

*

ANHANG

AUSZÜGE AUS DEM HAMLET 1773

Als Anhang zu seinem Aufsatz *Der Geist Shakespears* veröffentlichte Wieland in der von ihm herausgegebenen Zeitschrift *Der Teutsche Merkur*, III. Bd., 2. Stück, August 1773, S. 188-194 einige Auszüge aus seiner Hamlet-Übersetzung. Diese Auswahl ist insofern bemerkenswert, als sie erkennen läßt, welche Stellen er für die Charakterisierung von Shakespeares Kunst besonders geeignet hielt. Der Wortlaut entspricht im großen und ganzen der ersten Fassung von 1766, ist jedoch gelegentlich leicht überarbeitet.

Die den einzelnen Zitaten vorangestellten Seitenangaben in eckigen Klammern weisen auf die entsprechenden Seiten unserer Ausgabe hin.

Auszüge aus dem Hamlet.

[S. 22:]
Gebrechlichkeit, dein Name ist *Weib*!

[S. 29:]
Schändliche Thaten müssen ans Licht kommen, und wenn der ganze Erdball über sie gewälzt wäre.

[S. 31:]
Das gefälligste Mädchen ist verschwenderisch genug, wenn sie ihre keusche Schönheit dem Mond entschleyert. - - Furcht ist die beste Sicherheit gegen die Liebe. Jugend hat einen Feind in sich selbst, wenn sie auch keinen von aussen hat.

[S. 32f.:]

(Regeln eines Vaters für seinen auf Reisen gehenden Sohn.)

Gieb deinen Gedanken keine Zunge; und, wenn du ja von unregelmäßigen überrascht wirst, so hüte dich wenigstens, sie zu Handlungen zu machen.

Sey gegen jedermann leutselig, aber mache dich mit niemand gemein.

Hast du bewährte Freunde gefunden, so hefte sie unzertrennlich an deine Seele. Aber gieb deine Freundschaft nicht jeder neuausgebrüteten noch unbefiederten Bekanntschaft preiß.

Hüte dich vor Gelegenheiten zu Händeln; bist du aber einmal darinn, so betrage dich so, daß dein Gegner nicht hoffen könne, dich ungestraft zu beleidigen.

Leyh dein Ohr einem jeden, aber wenigen deinen Mund.

Nimm jedermanns Tadel an, aber dein Urtheil halte zurück.

Kleide dich so gut, als es dein Beutel bezahlen kan; aber nicht phantastisch; nicht immer kostbar, aber immer mit Geschmack. Der Anzug verräth oft den Mann.

Vor allem sey redlich gegen dich selbst, denn nur alsdann wirst du es auch gegen andre seyn.

[S. 35:]

Polonius zu Ophelien, da er sie vor der Liebe des Prinzen Hamlet warnt.

Traue seinen Schwüren nicht; traue desto weniger, je feyerlicher sie sind! Sie hüllen sich, gleich den Gelübden, die oft dem Himmel dargebracht werden, in Religion ein, um desto sichrer zu betrügen.

[S. 42:]

Der Geist seines Vaters zu Hamlet.

Wäre mir nicht verboten die Geheimnisse meines Kerkers zu entdecken, ich könnte dir Dinge erzählen, wovon das leichteste Wort deine Seele zermalmen, dein Blut erstarren, deine beyden Augen wie Sterne aus ihren Kreisen taumeln, deine krause dichtgedrängte Locken trennen und jedes einzelne Haar wie die Stacheln des ergrimmten Igels emporstehen machen würde.

[S. 50:]

HORAZIO.

Aber das ist ausserordentlich seltsam.

HAMLET.

Eben darum weil es euch fremde vorkömmt so heißt den Fremdling willkommen. Mein ehrlicher Horazio, es giebt im Himmel und auf Erden Dinge, wovon kein Wort in unsrer Schulphilosophie steht.

[S. 63:]

Ein meisterhaftes Gemählde eines staatsklugen Pedanten nach dem Schnitt der Zeiten Jacobs I.

(Polonius spricht. Die Rede ist, dem König und der Königin die Ursache von Hamlets Wahnsinn zu entdecken.)

Mein gnädigst gebietender Herr, und meine gnädigste Frau! weitläuftig aus einander zu setzen, was Majestät und was Pflicht, warum der Tag, Tag, die Nacht, Nacht, und die Zeit, Zeit, ist, wäre nichts anders als – Tag, Nacht, und Zeit verderben. Demnach und alldieweilen dann die Kürze die Seele des Witzes, und Weitläuftigkeit im Vortrag nur der Leib und die äuserliche Ausstaffirung desselben ist; so will ich mich der Kürze befleissen, und sage also: Dero edler Sohn ist toll. Toll nenn ich es: denn, um von der wahren Tollheit eine Erklärung zu geben, was ist sie anders, als - - sonst nichts zu seyn als toll? Doch dies itzt bey Seite gesetzt - -

KÖNIGIN.

Mehr Stoff und weniger Kunst!

POLONIUS.

Gnädigste Frau, ich schwöre, daß ich hier gar keinen Gebrauch von Kunst mache. Daß er toll ist, ist wahr; daß es wahr ist, ist zu bedauren; und zu bedauren ist es, daß es wahr ist - - eine drollichte Figur! aber sie mag reisen; denn ich will gar keine Kunst gebrauchen. Also, zum Grunde gelegt, daß er toll ist, so kommt es nun darauf an, die Ursache von diesem Effect, oder vielmehr Defect, ausfindig zu machen. Denn dieser Effect, wiewohl er defectiv ist, muß eine Ursache haben; und nun frägt sich, was für eine Ursache, und wo sie zu suchen ist? Eine kleine Geduld! Ich habe eine Tochter; habe, sag' ich, so lange sie noch mein ist; und diese hat, aus Gehorsam und kindlicher Pflicht, merken Sie wohl, mir dieses Briefchen zu Handen gestellt.

(Polonius liest nun den Liebesbrief, welchen Hamlet an seine Tochter, Ophelia, geschrieben, und fährt sodann fort, in bisheriger beliebter Kürze zu referiren, wie er, Polonius, seine Tochter instruirt habe, den Prinzen abzuweisen.)

[S. 65:]

Das that sie nun. Aber sehen Sie, was die Früchte meines väterlichen Rathes gewesen sind! Denn, daß ichs kurz mache, wie er abgewiesen wurde, gerieth er in Traurigkeit; hernach verlohr er die Eßlust; darauf den Schlaf; dadurch verfiel er in Schwachheit; aus dieser in ein Delirium, und so von Grad zu Grad, endlich in die Tollheit, worinn er nun raset, und die wir alle beweinen.

[S. 67-69:]

(Polonius hat den Auftrag erhalten, den Hamlet auszuforschen.)

Hamlet bedient sich der Meynung, die er von sich erweckt hat, daß er wahnsinnig sey, um die Fragen des alten Pedanten auszuweichen, und ihn zugleich zum besten zu haben; und bey dieser Gelegenheit ironisiert er mit einer unnachahmlich launenhaften Wendung, die gewöhnliche Weise, wie man sich über die Satyre, sobald man sich von ihr getroffen fühlt, zu beschweren pflegt. Hamlet hat ein Buch in der Hand. Polonius will wissen, was er lese. Worte, Worte, Worte, versetzt Hamlet. Polonius frägt, was ihr Inhalt sey. »Verläumdungen, Herr; antwortet Hamlet. Der satyrische Bube da spricht: alte Männer hätten graue Bärte und runzlichte Gesichter, ihre Augen trieften Amber und Pflaumenbaum-Harz, und sie hätten vollen Mangel an Verstand mit sehr schwachen Hammen. Welches alles, mein Herr, ich zwar mächtiglich und festiglich glaube: aber gleichwohl halt ich es für unhöflich, so etwas niederzuschreiben. Denn ihr selbst, mein Herr, würdet nicht älter seyn als ich, wenn ihr, wie ein Krebs, rückwärts gehen könntet.« »Wenn das Tollheit ist *(sagt Polonius für sich)* wie es dann Tollheit ist, *so ist doch Methode darinn*,« - - ein Zug, der den ganzen Charakter des Pedanten vollendet!

[S. 74:]

(Hamlet, zu Rosenkranz und Güldenstern, zween Hofschranzen, die ihm das Geheimniß seiner Schwermuth ablocken sollen.)

Ich habe seit einiger Zeit, warum weiß ich selbst nicht, alle meine Munterkeit verlohren, alle meine gewohnten Uebungen aufgegeben; und, in der That, es ist mit meiner Schwermuth schon so weit gekommen, daß diese schöne Erde mir nur ein kahles Vorgebürge, dieser prächtige Baldachin, die Luft, -- seht ihr, dieses kühn überhangende Firmament, dieses majestätische Gewölbe, mit goldnen Sternen eingelegt, mir nichts bessers scheint, als ein stinkender Sammelplatz pestilenzischer Ausdünstungen. -- Welch ein Meisterstück ist der Mensch! Wie edel durch die Vernunft! Wie grenzenlos an Fähigkeiten! An Form und Bewegung wie vollendet und bewundernswürdig! An Wirksamkeit wie ähnlich einem Engel! Im Denken wie ähnlich einem Gott! Die schönste Zierde der Schöpfung; das Vollkommenste aller sichtbaren Wesen! Und doch, was ist diese Quintessenz von Staub in meinen Augen? Ich finde kein Vergnügen mehr am Anblick des Menschen -- auch nicht am Anblick des Weibes -- wiewohl ihr es durch euer Lächeln zu sagen scheint --

[S. 82f.:]

(Die folgende Stelle, ein Fragment einer Erzählung von der Eroberung der Stadt Troja, welches der Poet einen Schauspieler, zur Probe, vor dem Prinzen Hamlet declamiren läßt, beweiset, was Shakespear in der hohen Epopöe hätte leisten können.)

Der rauhe Pyrrhus -- hatte nun die furchtbare Schwärze seiner Waffen mit einer noch gräßlichern Farbe befleckt; nun ist er von Kopf zu Fuß ganz blutroth, entsetzlich bespritzt mit Blute von Vätern, Müttern, Söhnen, Töchtern. In die düstre Flamme gehüllt, deren höllischer Schein den Weg grausamer Mörder beleuchtet, -- von Wuth und Hitze lechzend, sucht er mit funkelnden Augen den alten Priamus auf. Er findet ihn, von Feinden umringt, die der unvermögende Greis mit zu kurz geführten Streichen zurück zu treiben sucht. Sein altes Schwerdt, ungehorsam dem kraftlosen Arm, führt lauter unschädliche Hiebe, und bleibt liegen wohin es fällt. Welch ein Gegner, die Wuth des daherstürzenden Pyrrhus aufzuhalten! Der Wüthrich holt zu einem tödtlichen Streich weit aus; aber von dem blossen Zischen seines blutigen Schwerdtes fällt der nervenlose Vater zu Boden. Das gefühllose Ilion selbst schien diesen Streich zu fühlen: seine brennenden Thürme stürzen ein, und der entsetzliche Ruin macht sogar den Pyrrhus stutzen. Denn seht, sein Schwerdt, indem es auf das milchweisse Haupt des ehrwürdigen Alten herab fallen will, bleibt (so schien es) in der Luft stecken. Pyrrhus steht wie ein gemahlter Tyrann, unthätig, dem Unentschloßnen gleich, der zwischen seinem Willen und der That im Gleichgewicht schwebt. Aber, so wie wir oft, wenn ein Sturm bevorsteht, ein tiefes Schweigen durch die Himmel wahrnehmen; das Rad der Natur scheint zu stehen; die trotzigen Winde schweigen und unter ihnen liegt der Erdkreis in banger Todesstille; auf einmal stürzt der krachende Donner Verderben auf die Gegend herab: so feurt den unmenschlichen Pyrrhus, nach dieser kleinen Pause, ein plötzlicher Sturm von Rachsucht wieder zur blutigen Arbeit an; --

EDITORISCHER ANHANG.

VORBEMERKUNG

Der Text dieser Ausgabe folgt in Orthographie und Zeichensetzung dem Erstdruck in *Shakespear Theatralische Werke. Aus dem Englischen übersezt von Herrn Wieland. VIII. Band. Zürich bey Orell, Geßner, und Comp. 1766.*

Für die Einzelanmerkungen zu unserer Neuausgabe wurden in der Hauptsache die im nachfolgenden Literaturverzeichnis enthaltenen Werke herangezogen. Die dabei aufgeführten *Works of Shakespear* in der Ausgabe von Pope und Warburton 1747 sowie das *Dictionnaire Royal* von Abel Boyer dienten Wieland nach seinen eigenen Angaben als Grundlagen seiner Übertragung. Bei dem von ihm ebenfalls genannten *kleinen Wörterbuche über Shakespeare's Wörter und Phrasen* handelt es sich, dem Titel nach zu schließen, wohl um den Anhang zu Band 8 von Warburtons Ausgabe, *A Glossary, explaining the obsolete and difficult Words.* Weiterhin hat Wieland das 1761 erschienene Wörterbuch von Bailey/Arnold benützt sowie mindestens stellenweise auch Samuel Johnsons *Dictionary.*[1]

Warburtons zahlreiche Fußnoten – von Pope stammen nur wenige – hat Wieland zu einem kleinen Teil übernommen, entweder in wörtlicher Übersetzung oder in einer kurzen Zusammenfassung des ihm wesentlich Erscheinenden. Gelegentlich hat er auch eigene Bemerkungen hinzugefügt. Wenn bei einer Fußnote nicht sowieso schon aus dem Wortlaut hervorgeht, wer ihr Verfasser ist, so wird er in unseren *Notizen zum Text* genannt.

---

1 Nähere Angaben in der *Vorbemerkung* zu Band 11, *Die Irrungen*, unserer Ausgabe.

Ernst Stadlers Untersuchungen (in der Monographie 1910 sowie in den Erläuterungen zu AA) stellen eine immer noch unverzichtbare und dankbar benützte Vorarbeit dar; seine Aussagen müssen jedoch stets kritisch überprüft werden und erweisen sich nicht selten als revisionsbedürftig.

Die englischen Shakespeare-Zitate in den *Notizen* und die Verweisungen auf den englischen Text richten sich in Wortlaut und Zählung nach *The Arden Shakespeare*. Pope-Warburtons Text weicht aus zwei Gründen gelegentlich leicht davon ab: teils weil ihm eine andere Textüberlieferung zugrunde liegt, teils weil Warburton an Stellen, die er für verfälscht hielt, seine eigenen Vorstellungen einbrachte. Wieland übernahm meist diese Änderungen, folgte ab und zu jedoch auch seinem eigenen Urteil. Auf beide Möglichkeiten wird in den *Notizen zum Text* anhand ausgewählter Beispiele hingewiesen, in jedem Falle dann, wenn sie für Wielands Übertragung von Belang waren.

Wielands Szeneneinteilung entspricht nicht der heute üblichen, sondern folgt der von Pope-Warburton.

Betonungen im Sprechtext, die das Original durch Fettdruck kennzeichnet, werden in unserer Neuausgabe durch Kursiv wiedergegeben. Regieanweisungen, im Original nicht immer konsequent behandelt, werden bei uns durchgehend in kleinerer Kursive gebracht, ebenso die in einigen Stücken anzutreffenden Inhaltsangaben einzelner Aufzüge oder Szenen. Vereinzelte Hervorhebungen sind dann dort in gerader Schrift gehalten.

Näher erläutert sind die Prinzipien, durch welche sich die Herausgeber bei der Textgestaltung und den Anmerkungen leiten ließen, im Abschnitt *Zur Neuausgabe von Wielands Shakespeare* in Band 1 unserer Ausgabe.

LITERATURVERZEICHNIS

AA = *Wielands Gesammelte Schriften.* Hrsg. von der Deutschen Kommission der Königlich Preußischen Akademie der Wissenschaften. II. Abteilung: *Übersetzungen.* Bd. 1-3: *Shakespeares theatralische Werke.* Hrsg. von Ernst Stadler. Berlin 1909-1911 (in Bd. 3: *Hamlet, Prinz von Dännemark,* dazu Lesarten und Erläuterungen). – Reprint Hildesheim 1987.

Adelung, Johann Christoph: *Versuch eines vollständigen grammatisch-kritischen Wörterbuches der Hochdeutschen Mundart, mit beständiger Vergleichung der übrigen Mundarten, besonders aber der oberdeutschen.* 5 Tle. Leipzig 1774-1786.

Arden = William Shakespeare: *Hamlet.* Edited by Harold Jenkins. London and New York 1993. (The Arden Edition of the Works of William Shakespeare.)

Bailey/Arnold = *A Compleat English Dictionary, oder vollständiges Englisch-Deutsches Wörterbuch . . . Anfangs von Nathan Bailey . . . herausgegeben, bey dieser dritten Auflage aber um noch mehr als die Hälfte vermehret von Theodor Arnold.* Leipzig und Züllichau 1761.

Boyer, Abel: *Dictionnaire Royal, francois-anglois et anglois-francois. Nouvelle edition.* 2 Bde. London 1756 (Bd. 2: Englisch-französisch, z. T. mit zusätzlichen englischen Umschreibungen).
Dazu, weitgehend textgleich: *The Royal Dictionary abridged. In two Parts . . . The seventh Edition . . . By Mr. A. Boyer.* London 1747.

Campe, Joachim Heinrich: *Wörterbuch zur Erklärung und Verdeutschung der unserer Sprache aufgedrungenen fremden Ausdrücke. Zweite, verbesserte, und mit einem dritten Band vermehrte Auflage.* 3 Bde. Grätz 1808/09.

Deutsches Wörterbuch von Jacob und Wilhelm Grimm. 33 Bde. Leipzig 1854-1971. Reprint München 1984.

Fischer, Hermann: *Schwäbisches Wörterbuch.* 6 Bde. Tübingen 1904-1936.

Fischer, Hermann und Taigel, Hermann: *Schwäbisches Handwörterbuch.* Tübingen 1986.

Goethe, Johann Wolfgang von: *Wilhelm Meisters Lehrjahre.* 4 Bde., Berlin 1795/96 (= *Goethe's neue Schriften.* Bd. 3-6.).

Itkonen, Kyösti: *Die Shakespeare-Übersetzung Wielands (1762-1766). Ein Beitrag zur Erforschung englisch-deutscher Lehnbeziehungen.* Jyväskylä 1971. (Studia Philologica Jyväskyläensia VII.)

Johnson, Samuel: *A Dictionary of the English Language . . .* 2 Bde. London 1755.
Und: *A Dictionary of the English Language . . . Abstracted from the Folio Edition, By the Author . . . The sixth Edition, corrected by the Author.* 2 Bde. London 1778.

Mueller, Dennis, M.: *Wieland's Hamlet Translation and Wilhelm Meister.* In: Deutsche Shakespeare-Gesellschaft West. Jahrbuch 1969. Heidelberg 1969, S. 198-212.

Onions, Charles Talbut: *A Shakespeare Glossary. Enlarged and revised throughout by Robert D. Eagleson.* Oxford 1986.

Reclam = William Shakespeare: *Hamlet.* Englisch/Deutsch. Hrsg., übersetzt und kommentiert von Holger M. Klein. Bd. 1: Einführung, Text, Übersetzung, Textvarianten, Bd. 2: Kommentar, Bibliographie. Stuttgart 1984. (Universal-Bibliothek Nr. 8243 und 8244.)

Schlegel = *Shakespeare's dramatische Werke übersetzt von August Wilhelm von Schlegel und Ludwig Tieck.* 4. Bd., Berlin 1854.

Schmeller, Johann Andreas: *Bayerisches Wörterbuch. 4. Neudruck der von G. Karl Frommann bearbeiteten 2. Ausgabe München 1872-77.* 2 Bde. München, Wien bzw. Aalen 1983.

Stadler, Ernst: *Wielands Shakespeare*. Straßburg 1910. (Quellen und Forschungen zur Sprach- und Culturgeschichte der germanischen Völker, 107.)

Warburton = *The Works of Shakespear. The Genuine Text (collated with all the former Editions, and then corrected and emended) ... By Mr.* [Alexander] *Pope and Mr.* [William] *Warburton.* 8 Bde. 1747. – Von dem Werk erschienen in London und in Dublin zwei separat gesetzte bzw. gedruckte Ausgaben. (In Bd. 8: *Hamlet, Prince of Denmark*, dazu: *Index of the Characters, Sentiments, Similies, Speeches and Descriptions in Shakespeare* bzw. *A Glossary, explaining the obsolete and difficult Words.*)

Die Literatur zum Thema Wieland und Shakespeare verzeichnen bis etwa 1981 die *Wieland-Bibliographie* von Gottfried Günther und Heidi Zeilinger, Berlin und Weimar 1983, und daran anschließend die *Wieland-Studien*, Band 1, hrsg. vom Wieland-Archiv Biberach und von Hans Radspieler. Sigmaringen 1991 (und ff.). – Hingewiesen sei weiter auf Klaus Reichert: *Im Hinblick auf eine Geschichte des Übersetzens*, in: *Sprache im technischen Zeitalter*, Jg. 1981.

Zu Fragen über Shakespeare und sein Werk sowie über die Probleme der Shakespeare-Philologie gibt umfassend Auskunft: *Shakespeare-Handbuch. Die Zeit – Der Mensch – Das Werk – Die Nachwelt.* Unter Mitarbeit zahlreicher Fachwissenschaftler hrsg. von Ina Schabert. Mit einem Geleitwort von Wolfgang Clemen. 3. Aufl. Stuttgart 1992.

NOTIZEN ZUM TEXT

(In Kursiv erscheinen im folgenden alle Zitate aus Wielands Text, aus dem englischen Original und aus der jeweils genannten Literatur.)

Seite, Zeile

5,22 *von Hamlet geliebt:* So auch Warburton.

7,8 *Nein: Nay* (I, 1, 2). – Im Original der Druckfehler (?) *Nun.*

9,14 *furchtbaren Gesichte: dreaded sight* (I, 1, 28). – Warburton: *Perhaps Shakespear wrote SPRIGHT* (Gespenst).

9,18f. *wenn er Lust dazu hat:* Von Wieland eingefügt.

10,25 *Helden-Gestalt: warlike form* (I, 1, 50). – Das Wort wurde von Wieland neugebildet (Itkonen).

12,7f. *wer . . . weißt:* Typisch oberdeutsche Form von »wer weiß« (Adelung).

12,23 *Norwegen:* So auch im Original.

12,29 *als welche:* Die veraltete Gewohnheit, das Wort »als« zur genaueren Bestimmung *vor den Relativis voraus zu schicken*, machte, wie Adelung bemerkt, den Stil *schleppend und kanzelleymäßig.*

13,20f. *Es ist ein Zufall . . . zu sehen: A mote it is to trouble the mind's eye* (I, 1, 115), wörtlich: »Ein Stäubchen ist es, welches das Auge des Geistes trübt«, d. h. eine Kleinigkeit kann Beunruhigung hervorrufen. Wieland vermeidet, wie nicht selten, ein schwer verständliches Bild.

13,27f. *der feuchte Stern:* Der Mond.

14,5f. *meine Haare kosten: blast me* (I, 1, 130), wörtlich: »mich versengt«.

14,11f. *Wissenschaft:* Wissen, Kenntnis.

15,8 *zitterte es hinweg: started* (I, 1, 153). – »Hinwegzittern« (nicht bei Itkonen) ist eine neue Wielandsche Wortbildung, die ihre Parallelen in anderen von ihm zuerst verwendeten Wortfügungen mit »hinweg-« hat (Itkonen: *hinwegfluchen, -küssen, -scherzen* u. a.).

18,15f. *Das Haupt ist dem Herzen: The head is . . . to the heart* (I, 2, 47). – Wieland folgt hier Warburton nicht, der als bessere Lesart *The blood is . . . to the heart* vorschlägt.

18,17f. *als es dein Vater dem Throne von Dännemark ist: Than is the throne of Denmark to thy father* (I, 2, 49), also: *dienstgefäll'ger nicht, Als Dänmarks Thron es deinem Vater ist* (Schlegel). – Wielands Übersetzung von Warburtons Fassung *Than to ... is thy father* betont die Unentbehrlichkeit des Polonius für die Krone.

19,14 *Lieber nicht ... weniger geliebt: A little more than kin, and less than kind* (I, 2, 65), wörtlich *Etwas mehr als verwandt und weniger als naturgegeben freundlich* (Reclam). – Das Wortspiel *kin/kind* ersetzt Wieland durch *befreundt/geliebt*, was eine stärkere Distanzierung Hamlets vom König bewirkt.

19,26 und 29 *allgemeine Schiksal ... allgemeine Schiksal: 'tis common ... it is common* (I, 2, 72 und 74). – Schlegel beidemale: *es ist gemein.* Das (von Shakespeare beabsichtigte?) Wortspiel mit den Bedeutungen von »gemein« (allgemein bzw. niedrig, schändlich) kommt bei Wieland nicht zum Ausdruck.

20,7f. *Gewohnheits-mässigen: customary* (I, 2, 78). – Die Stelle ist einer der frühesten Belege für die Verwendung des Wortes »gewohnheitsmäßig« im Deutschen (Itkonen).

21,25-28 Starke Verkürzung von I, 2, 123-128.

22,4 *in Thränen: into a dew* (I, 2, 130), wörtlich »in Tau«.

22,5 *Donner: canon* (I, 2, 132), also »Gesetz«. – Wieland hat offensichtlich *canon* mit dem kurz vorher stehenden *cannon* (I, 2, 126; nicht übersetzt, siehe die Notiz zu 21,25-28) verwechselt, wodurch allerdings die Ablehnung des Selbstmordes verstärkt wird.

22,8f. *mir graut davor:* Von Wieland zur weiteren Charakterisierung von Hamlets Stimmung eingefügt.

22,14 *Apollo: Hyperion* (I, 2, 140). – Wieland ersetzt den seinen Lesern offensichtlich weniger vertrauten Namen des Sonnengottes mit einem geläufigen. Vgl. jedoch die Notiz zu 128,21.

24,19 *Häuslichkeit: Thrift* (I, 2, 180). – Der Ausdruck bedeutete *tugendhafte Sparsamkeit in der Haushaltung* (Adelung).

25,29 *langen Stok: truncheon's length* (I, 2, 204). – Gemeint ist bei Shakespeare die »Länge eines Kommandostabs«.

26,22 *zittert' es ... weg: shrunk ... away* (I, 2, 219). – siehe die Notiz zu 15,8.

31,19 *gefälligste: chariest* (I, 3, 36), im Sinne von *most modest*

(Arden-Erläuterungen) als Gegensatz zu »sich verschwenderisch darbietend«. Die Übersetzung vermittelt heute einen falschen Sinn; »gefällig« ist im Sinne von »gottgefällig, wegen seiner Tugend gefallend« oder ähnlich zu verstehen.

32,20 *unregelmässigen: unproportion'd* (I, 3, 60). – Das Wort »regelmäßig« wurde in einem etwas anderen Sinne als heute verstanden, nämlich als *die vorgeschriebenen oder eingeführten Regeln* beachtend (Adelung).

35,18f. *wie das Wetterleuchten ... Sommer-Abend:* Der Vergleich ist von Wieland eingefügt.

35,26 *Wolstand:* Wohlanstand.

38,16f. *die mir das Leben kosten würde:* Zur Wirkung dieser Einfügung Wielands auf Goethes Hamlet-Deutung siehe die Notiz zu 184, Fußnote.

40,9 *Nerven:* Siehe die Notiz zu 83,2f.

41,8 *willt:* Siehe die Notiz zu 182,6ff.

43,8 *Werft: wharf* (I, 5, 33). – Während das englische Wort, wie hier, auch »Ufer« bedeuten kann, war das deutsche »Werft« nur im heutigen Sinn üblich.

44,4 *ich wittre die Morgen-Luft: I scent the morning air* (I, 5, 58). – In dieser Formulierung wurde Hamlets Satz im Deutschen sprichwörtlich und im übertragenen Sinn für »ich ahne große Chancen« oder ähnlich verwendet (Itkonen).

44,6 *unter einer Sommer-Laube:* Von Wieland eingefügt.

44,14 *Schwindeflechte:* Ein entzündetes Geschwür auf der Haut.

44,33 *Feuer-Wurm:* Glühwurm.

44,34f. *unwesentliches: uneffectual* (I, 5, 90). – »Wesentlich« bedeutete auch »wahr, wirklich« im Gegensatz zu »vorgegeben, nur scheinbar«, so daß ein »unwirkliches«, nur scheinbares Feuer gemeint ist.

45,11 Die Regieanweisung nicht bei Warburton.

45,26 *Wortzeichen: word* (I, 5, 110). – Der Ausdruck ist bei Adelung nicht verzeichnet, gemeint ist »Merkwort, Parole« oder *Leitspruch* (so Reclam).

47,23 *schnarrende: whirling* (I, 5, 139), im Sinne von *violently excited* (Arden-Erläuterung). – Wieland denkt bei »schnarren« hier natürlich nicht an einen schnarrenden Laut, sondern, da das Wort in Süddeutschland auch die

Bedeutung *schwatzen, plappern* (Schmeller) hat, an »leeres Gerede, inhaltsloses Geplapper«.

49 Fußnote: Gemeint ist Thomas Bartholin(us): *Antiquitates Danicae de causis contemptae a Danis adhuc gentilibus mortis.* Kopenhagen 1640 (und später).

50,7f. *es giebt Sachen im Himmel und auf Erden . . .:* Das bekannte Zitat *There are more things in heaven and earth . . . Than are dreamt of in your philosophy* (I, 5, 174f.) faßt Wieland später in eine andere Form:

Es giebt der Dinge viel im Himmel und auf Erden,
die in der Schule uns nicht vordocieret werden!

(*Eine Lustreise in die Unterwelt.* In: *Der Teutsche Merkur* 1787, III, 108-141; unter dem Titel *Eine Lustreise ins Elysium. 1787* auch in: *Sämmtliche Werke*, 28. Bd., Leipzig 1797, S. 223-304, das Zitat S. 236). – Wielands Übertragung im *Hamlet* entspricht mehr der Intention Shakespeares als Schlegels spätere Fassung: *Als eure Schulweisheit sich träumt*, wo der Begriff der Philosophie stärker verengt wird. Siehe dazu auch oben S. 201.

50,12 *vor gut:* Soviel wie »für gut«. Über den Gebrauch von »vor« statt »für« und umgekehrt wurde von den Philologen zu Wielands Zeit vielfach diskutiert.

55,6 *Videlicet:* nämlich.

55,8 *der Angel:* Das Wort wurde als Maskulinum und Femininum gebraucht.

55,8 *Karpen:* Karpfen.

55,10 *Gelehrten und Staatisten: we of wisdom and of reach* (II, 1, 64). – »Reach« bedeutet hier *Capacity, ability, power of attainment* (Onions). »Statist« ist einer, der *des Staatsrechts, der Staatswissenschaft, kundig ist* (Adelung). Die Schreibart *Staatist* erklärt sich wohl aus der Verwandtschaft des lateinischen »status« mit dem deutschen »Staat«.

56,14 *weil:* Hier soviel wie »während«.

59,2f. *weder dem Aeusserlichen noch Innerlichen, noch sich selbst . . .: nor th'exterior nor the inward man Resembles that it was* (II, 2, 6f.; Warburton: *not th'exterior . . .*). – Druckfehler? AA ändert in *noch Innerlichen nach sich selbst.*

60,29f. *auf die politische Wahrsager-Kunst gewandt: Hunts . . . the trail of policy* (II, 2, 47), wörtlich: *der Staatskunst Fährte nachspürt* (Reclam). – Verstärkung der Ironie in Polonius' Rede.

63,20 *Aber sie mag reisen: But farewell it* (II, 2, 99). – Reclam: *doch leb' sie wohl.*

63,25 *Residuum:* Überrest, Rückstand.

64,10-12 *Zweifle an des Feuers Hize, ... Sonne Licht: Doubt thou the stars are fire, ... the sun doth move* (II, 2, 115f.). – Zu Shakespeares Zeit waren die von Hamlet geäußerten Zweifel durchaus im Ernste möglich, bei Wieland sind sie zu Absurditäten geworden. Dadurch verliert, worauf Dennis M. Mueller hinwies, das Gedicht seine Ernsthaftigkeit. Die Deutung, Hamlets Liebe zu Ophelia sei nur vorgespiegelt, gewinnt dadurch an Wahrscheinlichkeit. Die unverbindliche Anakreontik wird weiter durch die von Wieland eingefügte Zeile 13 (*Schönste ...*) verstärkt.

65,12 *besprach mein ... Frauenzimmer: did bespeak* (II, 2, 140). – Die ausgefallene, nur im Oberdeutschen übliche Verwendung von »besprechen« (analog dem Englischen) charakterisiert zusätzlich die gezierte Redeweise des Polonius.

66,4 *Kopf verlohren: Take this from this* (II, 2, 156). – Die Übersetzung ergibt sich aus Warburtons (und Ardens) Regieanweisung *Points to his head and shoulder.* Andere Ausgaben (z. B. Reclam) haben hier ... *to his chamberlain's staff and hand*, woraus sich ergibt, er wolle sein Amt verlieren.

66,21f. *Mist auf meine Felder führen: keep ... carters* (II, 2, 167), wörtlich: einen Bauernhof *mit Fuhrleuten unterhalten* (Reclam). Verstärkung der Drastik von Polonius' Äußerung.

67,24 *ausgeschlossen: picked out* (II, 2, 179), also »ausgesucht«. Der Sinn bleibt der gleiche.

68,3 *Gott:* Warburton bevorzugt hier (II, 2, 182) die Lesart *god* (ebenso Reclam), andere Ausgaben (z.B. Arden) haben *good.*

68,29 *Calumnien: Slanders* (II, 2, 196). – Das Fremdwort für »Verläumdungen« war im Deutschen wenig gebräuchlich, was das Ungewöhnliche an Hamlets Rede hervorhebt.

69,2 *sehr schwachen Schinken: most weak hams* (II, 2, 200). – Wielands Übersetzung trifft die eigentliche, den körperlichen

Erscheinungszustand eines Greises ansprechende Bedeutung von *ham* (Johnson: *the hinder part of the articulation of the thigh*) besser als Schlegels berühmt gewordene, auf die nachlassende Potenz anspielende Formulierung *sehr kraftlose Lenden*. Vgl. dazu auch Reclam, Kommentar zu II, 2, 201. In den *Auszügen aus dem Hamlet* 1773 (siehe oben S. 203) ändert Wieland in *Hammen* (Schinken, Keule).

69,9f. *Wenn das Tollheit ist . . ., so ist doch Methode drinn: Though this be madness, yet there is method in't* (II, 2, 205f.). – Die Redensart *aber es ist Methode darin* (so von Goethe übernommen) wurde in Schlegels Fassung *hat es doch Methode* zur allgemein gebrauchten »Lehnwendung« (Itkonen).

70,26 *ihr hangt . . . Gürtel:* Wieland mildert das *about her waist, or in the middle of her favours* (II, 2, 232f.) ab und läßt aus dem gleichen Grund auch die folgenden Zeilen 234f. weg. – Zu dieser Behandlung »zotiger« Stellen, die wahrscheinlich zu Goethes Hamlet-Bild beitrug, siehe die Notiz zu 184, Fußnote.

72,18 *aufgespreißten: outstretched* (II, 2, 264), also »übertrieben, gespreizt«. *Aufspreitzen* war *am häufigsten in Oberdeutschland üblich* und bedeutete *mit Spreitzen öffnen, vermittelst eines Querholzes aus einander dehnen* (Adelung).

73,23 *Daß ihr mich ausforschen sollt: That, you must teach me* (II, 2, 283; bei Warburton ohne Komma), eigentlich *Das müßt ihr mich lehren* (Reclam).

74,29 *Der Mensch gefällt mir nicht . . .: Man delights not me . . .* (II, 2, 309). – Wieland läßt sich die Zweideutigkeit Mensch/Mann entgehen (Schlegel: *Ich habe keine Lust am Manne – und am Weibe auch nicht*), ebenso den nachfolgenden Witz. Siehe auch die Änderung 1773 oben S. 204.

75,15 *Tarsche:* So auch im Original. Druckfehler für »Tartsche« (Schild)?

75,18 *Hans Wurst: clown* (II, 2, 322). – Zur Übersetzung von *clown* siehe Bd. 3 (*Wie es euch gefällt*) unserer Ausgabe, Notiz zu 5,19, und Itkonen.

75,19 *von scharfen Feuchtigkeiten gekizelt: are tickle a th' sear* (II, 2, 322f.), wörtlich *einen hochempfindlichen Drücker haben* (Reclam). – Wieland ersetzt öfter eine seinen Lesern schwer verständliche Anspielung – hier auf den empfindlichen

Abzug einer Feuerwaffe (sear) – durch eine zu seiner Zeit offenbar deutlichere Formulierung.

75,20 *die Damen: the lady* (II, 2, 323; so auch Warburton), also »die Dame«, d. h. die Darstellerin der Hauptrolle.

76,11 *Kichelchen:* Küchlein, Küken.

76,11 *beym Haupt-Wort: on the top of question* (II, 2, 338), also etwa: ihre Rede »in höchsten Tönen herausschreien«.

76,12 *ausgrillen:* Schwäbisch für »in hohen Tönen herauskreischen«.

76,13 *jämmerlich genug geschlagen: most tyrannically clapped for't* (II, 2, 338f.), also: *dafür ungeheuer wild beklatscht werden* (Reclam).

76,17 *Gänsespulen:* Gänsekiele.

76,21 *salariert:* besoldet.

76 Die Fußnote beruht auf einer Anmerkung Popes.

77,18 *den Hercules:* D. h. Herkules und die Welt. Herkules hatte in einer seiner Arbeiten die Aufgabe des Atlas, die Welt auf den Schultern zu tragen, übernommen.

77 Die 2. Fußnote stammt von Wieland.

78,7-15 Der Zweck von Hamlets Rede (II, 2, 366-372) wird durch Wielands freie Übertragung verdeutlicht: Hamlet begrüßt Rosenkranz und Güldenstern nochmals besonders auffällig, damit die nachfolgende Begrüßung der Schauspieler, die betont herzlich sein muß, davon nicht zu sehr absticht. Zu diesem Zweck fügte Wieland die Regieanweisung zu Beginn der Rede ein und später den ausdrücklichen, auf das Kommende deutenden Hinweis, er müsse *gewisser Ursachen wegen* besonders höflich zu den Komödianten sein.

78 Die Fußnote beruht auf einer Anmerkung Popes.

80,8f. *Wenn Wiz ... in der Welt: For the law of writ, and the liberty, these are the only men* (II, 2, 397f.), also: *für Texttreue wie fürs Stegreifspiel sind diese Leute einzigartig* (Reclam). – Die Übersetzung erklärt sich aus Warburtons Text *For the Law of wit ...*, der einer anderen Überlieferung folgt.

80 Die Fußnote geht auf eine Anmerkung Popes zurück.

81,6f. *die ehrlichen Leute ... heraushelfen: my abridgement* (II, 2, 416), also: *meine Zeitverkürzung* (Reclam).

82,7 *Priams Tochter: Priam's slaughter* (II, 2, 444). – AA vermutet, Wieland habe aus Flüchtigkeit *daughter* statt *slaughter* gelesen. Da er jedoch bemerkt haben muß, daß der folgende Text nicht von Priamus' Tochter handelt, dürfte es sich eher um einen stehengebliebenen Schreibfehler oder einen Setzfehler handeln.

82,23 *Anherrn:* Die Schreibungen mit und ohne h wurden im 18. Jahrhundert gleichberechtigt nebeneinander gebraucht.

83,2f. *nervenlose: unnerved* (II, 2, 470). – Als »Nerven« wurden im 18. Jahrhundert auch die Sehnen und Bänder, gelegentlich sogar die Muskeln bezeichnet.

83,5 *der ... Ruin:* Im 18. Jahrhundert im Sinne von *die Ruine* gebraucht.

85,13 *weil:* während.

87,13 *milzsüchtiger Grillenfänger: John-a-dreams* (II, 2, 563), wörtlich: *Hans der Träumer* (Schlegel).

87,30 *was für eine niederträchtige Geduld hält mich zurük: what an ass am I* (II, 2, 578). – Zu dieser Änderung siehe die Notiz zu 184, Fußnote.

88,12f. *die Wike ... bohren: I'll tent him* (II, 2, 593). – *Wicke*, meist »Meissel« genannt (so bei Adelung), bezeichnet *zusammengelegte leinene Fäden, die man in Wunden legt, Charpiebüschel* (Schmeller), also eine Art Docht zur Ableitung von Wundsekret. Der Ausdruck entspricht den Angaben zu *to tent* bei Johnson und Bailey/Arnold (*einen Meissel ... in eine Wunde drehen*). Schlegel: *will ihn bis ins Leben prüfen.*

89,17 *nirgends keine:* Die zu Wielands Zeit bereits veraltende doppelte Verneinung diente der Verstärkung.

90,7f. *Mit Fragen ... antworten sollte: Niggard of question, but of our demands Most free in his reply* (III, 1, 13f.), also eigentlich umgekehrt: *Knausernd mit Gesprächsstoff, hingegen freigebig im Antworten auf unsre Fragen* (Reclam). – Wielands Übersetzung folgt Warburtons Anmerkung, der die Stelle für korrupt erklärt: *Shakespear certainly wrote it just the other way.*

91,27 *an dem Teufel selbst saugen: sugar o'er The devil himself* (III, 1, 48f.), also *den Teufel selber überzuckern* (Reclam).

92,12f. *Beleidigungen des Glüks: slings and arrows of outrageous fortune* (III, 1, 58). – Schlegel: *die Pfeil' und Schleudern Des wüthenden Geschicks.*

92,14 *Anfällen: a sea of troubles* (III, 1, 59). – Warburton schlägt vor, *a sea* durch *assail . . . i. e. assault* (Anfall) zu ersetzen.

92,17 *Kopfweh: heart-ache* (III, 1, 62; so auch Warburton), also »Herzweh«. – Schreib- bzw. Druckfehler, Irrtum oder bewußte Änderung?

93,5f. *dessen Geburt . . . ausmacht:* Die Konkretisierung ist von Wieland hinzugefügt, sie bringt zusammen mit der nachfolgend erwähnten Einfügung eine sozialkritische Komponente in den Monolog.

93,8f. *Taglöhner:* Von Wieland eingefügt.

93,15f. *die uns . . . scheinen:* Von Wieland eingefügt.

93,17 *Gewissen: conscience* (III, 1, 83). – Die Bedeutung bzw. die Übersetzung des Begriffes (heute weitgehend als »Bewußtsein« verstanden) an dieser zentralen Stelle des Textes ist wesentlich für die Deutung von Hamlets Verhalten und seiner Persönlichkeit, ein Thema, das zu den vieldiskutierten Bereichen der Shakespeare-Forschung gehört. Arden-Erläuterung: *1) as in ordinary modern usage, the inner voice of moral judgment; 2) consciousness, the fact or faculty of knowing and understanding.* Schlegel: *Gewissen*; Reclam: *das Überlegen.*

93,17-19 *so entnervet . . . und Elend: And thus the native hue of resolution Is sicklied o'er with the pale cast of thought* (III, 1, 84f.). – Schlegel: *Der angebornen Farbe der Entschließung Wird des Gedankens Blässe angekränkelt.*

95,23 *namsen:* Schwäbisch für »benennen«.

97,13f. *finstrer Schwermuth: Blasted with ecstasy* (III, 1, 162), wörtlich *von Raserei versengt* (Reclam). – Zu dieser Abschwächung siehe die Notiz zu 184, Fußnote.

98,5 *Humor:* Hier im älteren Sinne als »Gemütsstimmung« verwendet. Siehe auch die Notiz zu 184, Fußnote Z. 26.

99,14 *Gesellen:* Wieland faßt *groundlings* (III, 2, 11) als die beschriebene Gattung von Schauspielern auf und nicht als »Besucher des Parketts«, wodurch sich ein anderer Sinn ergibt. Reclam: *um die Ohren des Stehplatzvolks zu spalten, das größtenteils nichts andres aufnehmen kann, als unverständliche Pantomimen und Lärm.*

100,10 Nach der Klammer sind III, 2, 31f. ausgelassen, da Warburton diese Zeilen als *a foolish interpolation* bezeichnet.

100,12 *spreißten:* Siehe die Notiz zu 72,18.

100,17 *diesen Unform:* Obwohl das Wort »die Unform« im Oberdeutschen im Sinne von »Unart, Unsitte« üblich war, handelt es sich hier vielleicht doch um einen Druckfehler für »Unsinn«.

100,20f. *lustigen Bauren: clowns* (III, 2, 39). – Siehe die Notiz zu 75,18.

103,15f. *Capunen:* So im Original. Druckfehler?

105,7 Die Regieanweisung nicht bei Warburton.

106 Die Fußnote beruht auf Warburtons Anmerkung. In Wielands Zusatz, in dem er davon spricht, daß religiöse Eiferer gerne auf ihrem *Steken-Pferd . . . herumtraben*, benützt er den Ausdruck erstmals in dem heute üblichen Sinne von »eine Liebhaberei betreiben«. Siehe Bd. 14 unserer Ausgabe (*Viel Lermens um Nichts*), Notiz zu 71,29.

106,15 *einen Blumenbank: bank of flowers* (III, 2, nach 133). Das Wort »Bank« wurde im Süddeutschen als Maskulinum gebraucht. Gemeint ist in beiden Sprachen ein Versatzstück auf der Bühne. Siehe dazu Bd. 6 (*Der Kauffmann von Venedig*) unserer Ausgabe, Notiz zu 123,8.

109,18 *Wurmsaamen: wormwood* (III, 2, 176). – In beiden Sprachen Wermut, ein Mittel, das Würmer aus dem Körper vertreibt.

111,17 *wir werden sehen, . . . halten wird: but she'll keep her word* (III, 2, 226), also: »sie wird ihr Wort aber halten«. – Wielands Fassung hat einen drohenden, vorausdeutenden Unterton.

112,26f. *um Herr von seinem Vermögen zu werden: for his estate* (III, 2, 255). – »Estate« wird hier als »Rang, Stellung« aufgefaßt (Onions, Reclam), Wielands Übersetzung motiviert Claudius' Tat etwas anders.

112 Fußnote: Weggelassen sind III, 2, 241-246. Siehe dazu die Notiz zu 184, Fußnote.

114,7 *Ich mache mit . . . kommt: Half a share* (III, 2, 273), also *Einen halben Anteil* (Reclam).

114,21f. *und er muß wissen warum:* Verdeutlichender Zusatz Wielands.

116,20 *eine Folge:* Im Sinne von »einer Folgerung«.

116,30 *ihr liebtet mich einst: you once did love me* (III, 2, 326; so auch

Warburton). – Im Original der Druckfehler (?) *ich liebte euch einst.*

117,15f. Das Sprichwort lautet: *While the grass grows, the horse starves* (Arden-Erläuterung). *weil:* während.

119,16 und 18 *Amsel: weasel* (III, 2, 370f.), also »Wiesel«. – Warburton hat hier *Ouzle* (= Owsel).

120,10f. *der bessere Tag:* Warburton hält statt *bitter business* (III, 2, 382) für die bessere Lesart: *business as the better day.*

122,31 *Formul:* Die Form zeigt noch die Herkunft vom lateinischen »formula«; solche Reste einer veralteten Kanzleisprache finden sich bei Wieland nicht selten.

123,15f. *im Schlamme versunkene Seele: limed soul* (III, 3, 68), wörtlich »mit Vogelleim gefangene Seele«.

124,4 *davor:* dafür.

124,4 *einziger Sohn: sole son* (III 1, 3, 77). Wieland folgt Warburtons Vorschlag nicht, statt *sole* besser *fal'n, i.e. disinherited* zu setzen.

124,10f. *ihm . . . wegnähme:* Der Dativ ist regional bedingt.

128,18 *Die so laut brüllt . . . Indien donnert: That roars so loud and thunders in the index* (III, 4, 52), also *die so laut brüllt und schon im Vorspann donnert* (Reclam). – Warburton gibt diesen Satz, der bei Shakespeare noch zur vorhergehenden Rede der Königin gehört, an Hamlet und ändert in: *. . . it thunders to the Indies.*

128,21 *Hyperions:* Des Sonnengottes. Siehe auch die Notiz zu 22,14.

128,29 *Mihlthau:* Süddeutsche Lautung von »Mehltau«.

128,33 *wälzen: batten* (III, 4, 67), also »weiden, mästen«. Boyer und Bailey/Arnold haben hier zusätzlich *se veautrer* (vautrer) bzw. *sich im Koth herum wälzen.*

129,4f. *Vorstellung: motion* (III, 4, 72). – Warburton hat hier *notion* und erklärt es mit *intellect, reason.*

130,7 *Pikelhäring: a vice of kings* (III, 4, 98). Die lustige Person auf der Bühne, ein *Clown von einem König* (Reclam).

130,8 *Gaudieb:* Bezeichnung eines *listigen, verschlagenen Diebes, der mit Behendigkeit zu stehlen weis* (Adelung).

130,15 *Lumpen-König: king of shreds and patches* (III, 4, 103). – Das Schimpfwort in der Bedeutung »Bettelkönig, bettelhafter König« wurde von Wieland geprägt, von Goethe in *Wil-*

helm Meisters Lehrjahre (5. Buch, 13. Kap.) übernommen und dann allgemein im Deutschen üblich (Itkonen).

131,20f. *verwandelt meinen frömmern Vorsaz . . . Thränen fliessen: you convert My stern effects . . . tears perchance for blood* (III, 4, 128-130), also: . . . *meine grausamen Absichten verwandelt, sonst wird, was ich zu tun habe, der rechten Farbe mangeln, Tränen vielleicht statt Blut* (Reclam). – Mißverständnis oder bewußte Änderung?

132,9 *Gespenst euers Hirns: coinage of your brain* (III, 4, 139), wörtlich: »Prägung eures Gehirns«.

133,9 *erleichtert: gives a frock or livery That aptly is put on* (III, 4, 166f.), wörtlich: *eine Kutte oder Diensttracht bietet, die sich leicht anzieht* (Reclam). – Für Wieland typische Rückführung eines Bildes auf seine eigentliche Aussage.

133,14f. *so sehr . . . sträubt:* Von Wieland eingefügt.

133,27 und 29 Die beiden Regieanweisungen sind von Wieland eingefügt.

134,27 *in meiner Hand: fang'd* (III, 4, 205), wörtlich »mit scharfen Zähnen versehen«. – Wieland faßt *fang'd* statt als »mit Fangzähnen versehen« als Partizip des Verbs *to fang* (Bailey/Arnold: *mit der Hand fangen*) auf, was ebenfalls einen plausiblen Sinn ergibt.

135,3f. *Diesen wakern Mann . . . aufpaken: This man shall set me packing* (III, 4, 213), also *dieser Mann wird mich schleunigst wegschaffen* (Reclam). – Wielands Übersetzung verlangt eine entsprechende Gestik des Schauspielers: Es versucht, Polonius aufzuheben, stellt fest *Er ist zu schwer* (dieser Satz von Wieland eingefügt), daher schleift er ihn hinaus.

137,10-12 *wie sein Wille . . . habe: like some ore Among a mineral of metals base, Shows itself pure* (IV, 1, 25-27), wörtlich: *wie edles Erz in einer Mine niedriger Metalle, sich als rein erweist* (Reclam).

138,13f. *kommen sie angestochen: they come* (IV, 2, 3). – »Angestochen kommen« heißt »in Eile daherkommen«. Verstärkung durch Wieland.

146,2 *Apostem:* Geschwür.

146,17 *meine edle Saumseligkeit: my dull revenge* (IV, 4, 33; Warburton: *dull-revenge*). – Die Übersetzung dieser Stelle ist für Hamlets Charakterisierung nicht unwichtig. Schlegel und Reclam: *träge Rache*. Siehe die Notiz zu 184, Fußnote.

149/150 Die Inkonsequenzen bei den Hervorhebungen im Text von Ophelias Gesang folgen dem Originaldruck.

150,29 Vor *Bey ...* setzen andere Ausgaben *He answers:*

151,30f. *das ist mehr ... zu machen: this, Like to a murd'ring-piece, in many places Gives me superfluous death* (IV, 5, 94-96), wörtlich: *dies gibt mir wie ein Streugeschütz an vielen Stellen überzähligen Tod* (Reclam). Siehe die Notiz zu 133,9.

152,23 *das sind nur Rechen-Pfenninge: this is counter* (IV, 5, 110). – Gemeint ist bei Shakespeare *to hunt counter* (Arden-Erläuterung), also »entgegen der eigentlichen Spur jagen«.

156,8 *in Liebe verfallen: is fine in love* (IV, 5, 161). – Warburton: *is fal'n in love.*

156,20f. *Ihr wißt ja das Lied?: how the wheel becomes it* (IV, 5, 170), also: *wie gut das Rad* (d. h. der Refrain) *dazu stimmt.* Warburton hält *weal* statt *wheel* für richtig; Wieland umgeht die Schwierigkeit.

156,27 *Gnaden-Kraut oder Sonntags-Kraut: herb of grace a Sundays* (IV, 5, 180; Warburton: ... *o' Sundays*), also *Gnadenkraut des Sonntags* (Reclam). AA vermutet, Wieland habe *o'* fälschlich in *or* statt in *on* aufgelöst. Da Warburton jedoch in einer längeren Fußnote selbst die richtige Auflösung gibt: die Anwendung des Krauts *being performed generally on a Sunday*, ist mit einer bewußten Änderung durch Wieland zu rechnen.

158,8 *Straffe: axe* (IV, 5, 215), also »Axt«. – Warburton: *tax.*

159,13 *währendem:* Im 18. Jh. häufig statt »während dem«.

159,21 *taub: dumb* (IV, 6, 23; so auch Warburton), also »sprachlos«.

162,16 *das thatest du: Thus diest thou* (IV, 7, 56), also »so stirbst du«. – Warburton: *Thus diddest thou.*

165,7 *Dacht:* Mundartliche Form von Docht.

165,7 *Wike:* Siehe die Notiz zu 88,12.

169,4 *Todtengräber:* Warburton hat hier *Clowns.* Zu dessen Übersetzung siehe Bd. 3 (*Wie es euch gefällt*) unserer Ausgabe, Notiz zu 5,19, und Bd. 19 (*Was ihr wollt*), zu 15,14, sowie Itkonen.

169,7 *Salvation: salvation* (V, 1, 2). – Man vermutet, daß der 1. Totengräber eigentlich »damnation« meint.

169,19 *se offendendo:* Eigentlich »durch einen Angriff auf sich selbst«, vom Totengräber irrtümlich statt »se defendendo« (in Selbstverteidigung) gebraucht, was eine Rechtfertigung für den Selbstmord wäre.

169,21 *Actum: act* (V, 1, 11). – Wieland führt die Vorliebe des Totengräbers für Fremdwörter weiter.

169,22f. *Beginnen, thun und vollbringen: to act, to do, to perform* (V, 1, 11f.). – Wieland differenziert, im Englischen sind die Ausdrücke gleichbedeutend.

169,23 *ergel: Argal* (V, 1, 19). – Gemeint ist »ergo«.

172,11 *rothen Roß: Yaughan* (V, 1, 60). – Wieland ersetzt den Wirtshausnamen durch einen im Deutschen gebräuchlichen (ein »Rotes Roß« oder »Rotes Rößle« gab es auch in Biberach).

173,12f. *Milady Wurm von allen ihren Anbetern verlassen: my Lady Worm's, chopless* (V, 1, 87). – Reclam: *Besitz der gnädigen Frau Made, kinnlos.* Wieland übersetzt nach Warburtons Fassung bzw. Interpunktion: *lady Worm's chapleß.*

173,18f. *Quidditäten ... Qualitäten:* Juristische Spitzfindigkeiten, etwa »wesentliche Natur eines Dinges, Beschaffenheit, Güte eines Dinges«.

173,19 *Casus:* Rechtsfall.

173,21 *Retirade:* Zufluchtsstätte.

173 Fußnote: Zu Wielands Bemerkung siehe die Notiz zu 184, Fußnote. – Z. 1: *kühlen:* Das in Sinne eines Werturteils von Wieland wiederholt verwendete Wort (so noch nicht bei Adelung) bedeutet hier etwa »von frostigem, schwachem Witz, schal, gehaltlos«.

175,1 *Gambaden:* Luftsprünge.

178,27 *Laim:* Lehm.

179,7 Der Sprechername *Hamlet* fehlt im Original (er hatte von der vorhergehenden Szene weiter zu gelten), der Setzer brachte statt dessen irrtümlich *Königin - - (ein Gefolge von Hofleuten)* als Sprecherbezeichnung mit Regieanweisung. Über einen ähnlichen Irrtum beim Satz siehe Bd. 1, Notiz zu 57,13-19.

181,17f. *splenetisch: splenative* (V, 1, 254; Warburton: *splenitive*). – Das Wort bedeutete in beiden Sprachen »bestimmt vom Spleen«, d. h. der Milz, die als Sitz der Leidenschaften galt, also *milzsüchtig* (Campe), »heißblütig, Launen unterworfen«. Wieland verwendete es offensichtlich als erster im Deutschen hier und in seinem 1766/67 erschienenen Roman *Geschichte des Agathon*, in dessen späteren Auflagen er es allerdings durch *düster* ersetzte. Es hat sich als Fremdwort im Deutschen nicht durchgesetzt. Siehe dazu Itkonen (auch unter *Spleen*).

182,6ff. *willt:* Gleichberechtigt neben »willst« häufig bei Wieland.

182,27f. *eh ... ausgekrochen sind: When that ... are disclos'd* (V, 1, 282). – Warburton: *E'er that ...*

183,14-185,15 Die Inhaltsangabe umfaßt V, 2, 1-204. Siehe dazu die nachfolgende Notiz.

184 Fußnote: Diese Erläuterung nimmt insofern eine Sonderstellung ein, als sie die einzige Interpretation darstellt, die Wieland einem von Shakespeares Stücken mitgibt. Es wird angenommen, daß die Deutung von Hamlets Persönlichkeit, wie sie Goethe in seinem erstmals 1796/97 erschienenen Roman *Wilhelm Meisters Lehrjahre* vertritt und wie sie bis weit ins 19. Jahrhundert in Deutschland gültig blieb, hier ihren hauptsächlichen Ursprung hat, nämlich als die eines *jungen schwankenden Mannes*, unfähig eines festen Entschlusses, für den *das Schicksal den Plan gezeichnet hat* (5. Buch, 6. Kap.). Beigetragen hätten dazu weitere Besonderheiten von Wielands Übersetzung und einige Auslassungen, so daß sich im ganzen hieraus Goethes berühmt gewordenes Bild erkläre: *Hier wird ein Eichbaum in ein köstliches Gefäß gepflanzt, das nur liebliche Blumen in seinen Schooß hätte aufnehmen sollen; die Wurzeln dehnen sich aus, das Gefäß wird zernichtet* (4. Buch, 13. Kap.). Siehe dazu u. a. die Notizen zu 38,16f.; 70,26; 87,30; 97,13f.; 112 Fußnote; 146,17; 173 Fußnote; 183,14-185,15. – Näheres über diese Beziehungen bei Dennis M. Mueller.

184 Fußnote Z. 12: *Humor:* Siehe die Notiz zu 98,5.

184 Fußnote Z. 20: *Präcautionen zu nehmen:* Vorsichtsmaßnahmen zu treffen.

184 Fußnote Z. 24: *soutenierten:* Hier soviel wie »deutlich betonten«.

184 Fußnote Z. 26: *Humoristen:* Die Begriffe »Humor« und

»Humorist« sind im 18. Jahrhundert noch nicht auf den Bereich des Komischen beschränkt, der jedoch gelegentlich anklingen kann. Wieland verwendet »Humor« als Bezeichnung für eine »Gemütsstimmung«; ein »Humorist« ist ein Mensch, der wechselnden eigenwilligen Launen unterworfen ist (Bailey/Arnold: *ein eigensinnischer Kopf*). Das Komische klingt zum Teil mit (z. B. in Bd. 13 unserer Ausgabe, *Der Zweyte Theil, von König Heinrich dem vierten*, Notiz zu 123,30), spielt jedoch hier bei der Charakterisierung Hamlets (besonders 184,24ff.) keine Rolle. Siehe dazu Itkonen.

187,31 *Folie:* Der Begriff in der Bedeutung »Hintergrund« wurde wahrscheinlich von Wieland zuerst ins Deutsche eingeführt (Itkonen).

190,6 *Er ist zu fett und von zu kurzem Athem: He's fat and scant of breath* (V, 2, 290). – Wieland nimmt *fat* hier wie Goethe (*Wilhelm Meisters Lehrjahre*, 5. Buch, 6. Kap.: *er ist fett, laßt ihn zu Athem kommen*) und Schlegel (*Er ist fett und kurz von Athem*) wörtlich und begründet damit eine bis ins 20. Jahrhundert wirkende Richtung in der Diskussion über Hamlets Gestalt und Typ (siehe z. B. Georg Brittings Roman *Lebenslauf eines dicken Mannes, der Hamlet hieß*, 1932). Später wurde das Wort im Sinne von *sweaty, out of condition* erklärt, auch mit *full*, d. h. mit gefülltem Magen, da Hamlet gerade vom Essen komme, usw. Siehe dazu die Arden- und Reclam-Erläuterungen.

191,6 *ihr wollt mich nur zu sicher machen: you make a wanton of me* (V, 2, 303), wörtlich: »Ihr macht ein verzogenes Kind aus mir« oder »ihr spielt mit mir«.

194,18 *die diesen Ausgang --:* Wieland bricht den Satz merklich abrupter ab als das Original und andere Übersetzungen, so daß Hamlets Tod auch sprachlich deutlicher markiert wird. Schlegel: *Das sagt ihm, sammt den Fügungen des Zufalls, die es dahin gebracht –.*

194,18 *Es ist vorbey: the rest is silence* (V, 2, 363).

194,22f. *Engels-Schwingen ... Ruhe tragen: And flights of angels sing thee to thy rest* (V, 2, 365). – Schlegel: *und Engelschaaren singen dich zur Ruh'*. Warburton stößt sich an *flights singing* und ändert *sing* in *wing*.

195,2-7	Wieland ändert hier den Text von V, 2, 367-369: Fortinbras: *Wo ist dieser Anblick?* / Horatio: *Was ist's, das Ihr zu sehen wünscht? Falls irgend Trauer oder Staunen, endet Eure Suche.* / Fortinbras: *Diese Strecke schreit von wahllosem Gemetzel . . .* (Reclam).
195,19	*(des Königs):* Die Erläuterung faßt den Inhalt einer Fußnote Warburtons zusammen.
196,17-19	Die Inhaltsangabe umfaßt V, 2, 400-408.
203,21	*Hammen:* Siehe die Notiz zu 69,2.
204,27	*Epopöe:* Heldengedicht, Epos.
205,15f.	*der . . . Ruin:* Siehe die Notiz zu 83,5.

Nicht übersetzt oder nicht innerhalb einer Inhaltsangabe wiedergegeben sind folgende Zeilen:

35,3	I, 3, 108
38,26	I, 4, 57
70,26	II, 2, 233-235 (Siehe die Notiz zu dieser Stelle)
80,6	II, 2, 395
81,13	II, 2, 420
81,16	II, 2, 426
87,12	II, 2, 559f.
100,10	III, 2, 31f. (Siehe die Notiz zu dieser Stelle)
103,19	III, 2, 96
108,27	III, 2, 167
109,28	III, 2, 183f.
112,12	III, 2, 241-246 (Siehe die Notiz zur Fußnote)
114,7	III, 2, 274-279
136,10	IV, 1, 5
151,25	IV, 5, 86
151,30	IV, 5, 92f.
156,22	IV, 5, 172
156,24	IV, 5, 176f.
165,9	IV, 7, 115
166,27	IV, 7, 157
168,6	IV, 7, 184-188
172,14	V, 1, 61-64
172,21	V, 1, 68-73
173,16	V, 1, 90-95
173,23	V, 1, 101-114 (Siehe die Fußnote zu dieser Stelle)

174,2	V, 1, 118
174,7	V, 1, 121-125
179,2	V, 1, 208f.
183,12	V, 1, 294
186,14	V, 2, 219f.

INHALT